ABDEL EL-TRUCK

OPERATION: REFUGEES DEADCOME

Ein Flüchtlingskrisenthriller

*Bibliografische Information der Deutschen Nationalbibliothek:
Die Deutsche Nationalbibliothek verzeichnet diese Publikation in der Deutschen Nationalbibliografie; detaillierte bibliografische Daten sind im Internet über http://dnb.dnb.de abrufbar.*

© 2016 Abdel El-Truck

Keywords: Thriller, Noir, Action, Humor

Herstellung und Verlag: BoD – Books on Demand, Norderstedt

ISBN: 9783741239373

EINLEITUNG A: -13.000BC

Pleistozänische Kälte blies dem Mann in das Gesicht, als er sich den Hang hinauf kämpfte, immer wieder in den Schneeschichten abrutschend. Seinen Speer hielt er fest und in seinen Gedanken noch mehr an der Bürde, die ihm auferlegt war. Alle seine Mitstreiter waren gefallen. An ihm lag es nun, sollte seine Sippe überleben können. Es war eine harte Zeit, die Beute war weitflächig verschwunden, das kostbare Fleisch so selten geworden wie das Sonnenlicht.

Er richtete sich das dichte Fell, welches seinen Körper schützte, ein Fell, abgezogen von einer der wilden, gigantischen Kreaturen, von denen er nun einen weiteren Artgenossen erlegen wollte.

Nur noch wenige Meter. Wenige Meter und mit jedem Schritt brannte ihm das Eis wie Feuer an den Beinen. Auch wenn man nicht weiß, wie weit der Geist des Menschen in dieser Vergangenheit erwacht war, so könnte man doch vermuten, dass es ihm alles so erschien, als wolle ein erzürnter Gott ihm die Haut langsam aus dem Gesicht reißen.

Seine Kräfte schwanden, ob des Marsches oder der eiszeitlichen Pein, doch dann stand er endlich auf der Spitze des Hügels. Seine zugefrorenen Augen öffneten sich und sahen den Hang hinunter.

Die Geister hatten es gut mit ihm gemeint. Die Kreatur befand sich dort, in dem Ausmaß von drei

Dutzend Männer, behaart und mit einem langen Rüssel ausgestattet. Sie drehte sich um, als wolle sie ihm in die Augen sehen. Er zögerte kurz, als er begann, den Speer aufzuziehen. Er musste treffen. Es ging um seine Sippe, seine Familie, seine Kinder. Nur so konnten sie leben.

Als ob die Kreatur seine Absichten durchschaute, verzog sich ihr Gesicht zu blankem Hass. Die unendliche Masse des Wesens beschleunigte sich und stürmte in die Richtung des wackeren Jägers, tief entschlossen ihm mit seinem Rüssel oder den gigantischen Stoßzähne zu zerfetzen.

Der Mann kniff die Augen zusammen. Er musste obsiegen, oder seine Familie würde für immer aus der Kette der Evolution ausscheiden. Die Kreatur kam näher. Sie röhrte. Doch er blieb kalt.

Er entfesselte seinen Speer und wie in Pilztrance schlug er in dem Wesen ein. Es durchschlug die Haut mit vollem Erfolg. Doch sie war noch weiter auf dem Weg. Der Jäger drehte sich um, rutschte den Schnee hinunter, leidend durch die pure Kälte, die sein Gewebe jetzt zerfraß.

Schreie der Agonie waren zu vernehmen.

Doch dann Stille. Der Mann stand auf, schnaufte kurz durch und umrundete dann den Hügel. Dort sah er seinen Feind dann verenden. Er ging zu dem Wesen hin und fuhr im über die Augen, als wolle er ihm noch die letzte Ehre erweisen.

Erst jetzt, entadrenalisiert, bemerkte der Mensch

eine kleine Wunde an seinem Arm. Woher diese kam, war ihm nicht bewusst. Er ging zu der Stelle, wo er die Kreatur getroffen hatte. Das Blut saugte sich bereits in den Schnee unter ihm und färbte ihn tiefrot.

Er zog seine kostbare Waffe aus der Wunde, dabei spritze ihm der rote Saft über das Gesicht und seinen Arm. Er spürte ein kurzes Stechen, als sich das Blut des Tieres mit dem Blut seiner Wunde vereinte.

Instinktiv wischte er es weg. Er musste sich jetzt an die Fleischauswertung machen. Voller Entschlossenheit ging er ans Werk und merkte nicht, dass dort an seiner Wunde etwas geschah. Wie kochendes Wasser begann sie zu blubbern. Noch spürte er nichts. Doch er würde den Auslöser all dessen nun mitbringen. Mitbringen zu seiner seiner Familie, seiner Sippe. Und von dort würde er noch viel weiter getragen werden.

Was auch immer es war. Sein Verstand hätte es nicht begriffen. Er hätte es wohl als das Werk der Waldgeister gesehen. Und diese Geister würden nun wüten, mehrmals, auch über andere Sippen als die seine, tötend und vernichtend - und doch so die Zukunft erschaffen.

So sollte es beginnen.

EINLEITUNG B: 2016AD

Der Schatten schritt schwebend durch die Gemächer. Nur das fahle Mondlicht erhellte den Saal, durch die imposanten Fenster scheinend. Sanfte Echos hallten durch den Raum. Der ganze Raum war leer, mit Ausnahme eines Seidenbettes imposanter Größe, welches mit einem darüber hängenden Netz abgedeckt wurde. Der Schatten ging nun auf das Fenster hinter dem Bett zu und öffnete es. Die fahle, kühle Abendluft einatmend begann er nachzudenken.

War er zu weit gegangen? Egal - es war zu spät. Viel zu spät. Die Dinge waren bereits in Gang gekommen und niemand würde sie aufhalten können. Niemand. Er war jetzt nur noch eine kleine Schachfigur in seinem eigenen Plan und es würde nur noch die Geschichte über ihn urteilen können.

Er lauschte noch kurz dem Klagen der Krähen und blickte hinunter in den tiefergelegten Hof des imposanten Palastes, erbaut auf diesen historischen Anhöhen, von denen bereits Imperien beherrscht wurden. Unten standen seine treuen Diener. Fanatische Männer, bewaffnet mit todbringenden Maschinenpistolen, Spielzeuge, die nicht die Schöpfungen ihrer Kultur waren.

Erneut hallten Geräusche durch den Saal, doch diesmal waren es keine Schritte, sondern ehrfürchtiges Klopfen. Aus den Gedanken gerissen drehte der Schatten sich um und lief langsam aber bestimmt zu der thronenden Holztür, die mit massiven Stahlschanieren an der Marmorwand befestigt war. Angekommen drückte er den Griff nach unten und knarzend öffnete sich der Raum für den Besucher.

Es war ein großer Mann, ungefähr so groß wie der Schatten selbst, stattliche 1,90 Meter, aber gleichzeitig doch viel breitschultriger und muskulöser, gekleidet in einem teuren Gucci-Anzug und einem grün gefleckten Tuch über seine Haare gebunden. Seine Nase war so groß und hakig, das sich ihr Schatten markant am Boden abzeichnete. Der Mann blickte dem Schatten in das Gesicht, doch erkennen konnte er selbstverständlich nichts, außer ein abhängendes, schwarzes Tuch, fixiert durch Nägel, die scheinbar in den Schädel gingen. Der Körper des Schattens war ebenfalls durch ein weitreichendes, einfarbiges, nachtschwarzes Gewand bedeckt. Der Mann schauderte ob des Anblicks.

"Mister Chimp hat geliefert!", sagte er ehrfürchtig.

Es kam ihm so vor, als hätte der Schatten selbst gezuckt, angesichts dieser Worte.

"Vielen Dank, Habit. Ich werde das Zeichen geben, wenn die Sterne richtig stehen", säuselte der Schatten zurück, fast krächzend und unmenschlich.

Es hatte begonnen.

EIN MANN AUS STAHL & LEIBER AUS DEM KOCHTOPF

Der an einen Titan erinnernde Mann schritt langsam durch die Hallen. Hier wo einst gigantische Maschinen Produkte erzeugten, die in der ganzen Welt genutzt wurden, war nun eine Leere, die nur noch Knistern erzeugte. Seichte Pfützen waren durch das undichte Blechdach eingetropft. Der Mann wich ihnen sorgfältig, fast robotisch, aus. Ein sanfter Wind blies durch die zerborstenen Fensterscheiben und der Geruch von alten Schwefelablagerungen, an faule Äpfel erinnernd, lag in der Luft. Nach fünfzig Metern bog er ab, ging eine Stahltreppe hinunter und passierte eine niedrige Blechtür.

Dann stand er im Raum des Verbrechens. Er rümpfte ob des Eier-fauligen Gestanks, der ihn begrüßte, erst einmal die Nase. Adjustiert würdigte er dann die sechs anderen Personen dort keines Blickes, die wegen seiner Präsenz erst einmal zuckten und jegliche Unterredung einstellten.

"Wird auch Zeit, Dux", raunte eine Stimme.

Er marschierte in die Ecke und besorgte sich Mundschutz und Handschuhe. Ohne Regung begutachtete er dann das Problem, weswegen man ihn gerufen hatte: Einen pyramidenartig aufgeschütteten Berg nackter Leichen, dreizehn an der Zahl. Er ging noch näher ran, kniete sich nieder und studierte den Kopf eines Mannes, der das Pech hatte ganz unten zu liegen.

Die Augen waren weit aufgerissen; der ganze Körper verziert mit seerosigen Blasen, so als hätte man die Leiber von innen aufgekocht. Die Gesichtszüge und Pigmentierung des Mannes, wie auch die der anderen Toten, konnte jeder Anthropologe sofort dem arabischen Raum zuordnen: Schwarze Haare, hakige Nase, Olivenaugen.

"Das ist doch Hauke Petersen aus Oldenburg," sagte der Mann trocken, in einer Stimmlage, die an ein Grab erinnerte, in welches man Steroide eingespritzt hatte.

Die anderen lebendigen Menschen im Raum brachen sofort in einen Kichern aus, welches sie sofort abwürgten. Folgende Personen befanden sich u.a. noch im Raum: Ahmet Abati (29), türkischstämmiger Mann mit korpulenter Statur; ein dürrer Blondling namens Eduard Wempel (22); der grimmige, Onkel-hafte Otto Korben (54) mit Sauerkrauft unter der Nase, der im Folgenden das komplette Gespräch mit Dux übernahm:

"Das Thema ist zu ernst, Herr Dux", kam aus dem Off.

Dux schüttelte den Leichenkopf sanft und ein Augapfel löste sich, jetzt nur noch schwach am optischen Nerv befestigt und sanft baumelnd. Er legte den Kopf wieder auf den Grund, in seine alte Position.

Der Behemoth von einem Mann erhob sich und

drehte sich um. Alle Blicke waren auf ihn gerichtet, als wäre er ein Götze, den es anzubeten gelte.

"Todesursache?"

"Noch ungewiss."

"Identifikation?"

"Wir arbeiten dran."

"Motive?"

"Nicht bekannt. Wir vermuten einen rechtsradikalen Übergriff."

"Wie sollten derartige Individuen so etwas anstellen?"

Schweigen.

"Geht das an die Presse?"

"Vorläufige Sperre, bis wir einigermaßen gesicherte Fakten haben."

Dux führte seine prankenartige Hände zu seinem Kopf und berührte mit dem Ringfinger seine Lippen, mit umgedrehten Handrücken. Dann schloss er die Augen. Er dachte nach.

"Wer hat diese Gangbang-Clique entdeckt?"

Erneut abgewürgtes Lachen. Dann eine Antwort: "Wir erhielten einen Anruf. Vermutlich ein Obdachloser, der von seinem Platz verdrängt wurde, und hier eine neue Zuflucht suchte. Keine Spur von ihm."

"Wahrscheinlich auch irrelevant. Wie ich das sehe, liegen die Burschen hier schon ein paar Wochen. Ich würde sagen, sie rufen alle Dönerläden der Stadt an und schauen mal, wo Mitarbeiter verschwunden sind."

Die Männer schüttelten verwirrt den Kopf.

"Ein Witz," sagte der Mann.

"Das ist unangemessen."

"Kann sein. Mir egal."

Wieder kehrte Stille ein. Der Titan zuckte plötzlich. Wie ein Falke beobachtete er die Umgebung. Über ihnen, knapp drei Meter, war ein Metallsteg an der Wand befestigt, der in einen langen Gang mündete. Davor standen drei Fässer. Und dahinter schien er jemanden entdeckt zu haben.

Unschuldig lies er seinen Blick weiter schweifen. Mit seinem linken Auge erspähte er eine dünne Leiter, die nach oben führte.

Wie ein Tintenfisch schoss Dux jetzt los, die Leiter im Blick. Wie ein Meerkätzchen auf Speed nahm er der Leiter Sprossen, diese unter dem massiven Gewicht des Mannes übel krächzten.

Schon war er oben. Der unbekannte Beobachter hatte natürlich schon reagiert, auch wenn er überrumpelt wurde. Dux erkannte einen Mann mittlerer Größe, mit schmächtigen Schultern und braunen Haaren, davonrennen.

Trotz seiner massiven Statur war Dux schnell, aber nicht schnell genug. Durch niedrig-hängende Rohre weiter verlangsamt, sah er den Mann nur noch aus dem Fenster springen. Dort dann an der Schwelle angekommen, sah Dux nach unten und dort nur noch einen Steinweg und Tau-bedeckte

Gräser.

Enttäuscht kehrte er um. Auf halbem Weg zurück sah er hinter einem verschmierten Kompressor eine Hand. Voller Neugier quetschte er sich an dem Metallungetüm vorbei und sah dann zwei weitere Leichen: erneut nahöstlich, nur diesmal bekleidet, beide mit tödlichen Schusswunden - einmal Herz, einmal Kopf - und daneben zwei Pistolen - eine Sig Sauer, eine Berreta.

Dux studierte ihre Physiognomie noch kurz genauer: beide zeigten - wie gesagt - ein arabisch-nahöstliches Aussehen, jedoch erschien der Linke insgesamt etwas robuster, herber; während der Rechte einen gemäßigteren, auch leicht mitteleuropäischen Touch zeigte, dazu kamen leicht aufgehellte Haare.

Geifernder Verwesungsgeruch lag in der Luft. Dux durchsuchte die Taschen nach Ausweisen, fand aber keine.

Er kehrte zu den Wartenden zurück.

"Ich vermute, das war ein Journalist. Könnte problematisch werden."

Einer der anderen Männer seufzte.

"Oben liegen auch noch zwei. Schaut euch die mal an. Die sind aber angezogen. Keinen Stil zwar, aber wenigstens nicht nackt."

Dux drehte sich um und ging auf die selbe niedrige Tür zu, durch die er den Raum betreten hatte.

"Rufen Sie mich an, wenn sie mehr wissen."

Wie ein Phantom verschwand er ins nichts.

Einer der anderen Männer wagte jetzt etwas zu sagen. Es war Eduard Wempel, der knabenhafte Hitzkopf, nur beeindruckt fragend: "Wer ist dieser Mann?"

Korben antwortete ihm nur schroff: "Reginald Dux. Ein Mann für spezielle Aufgaben. Hoher Intellekt, enorme Athletik, null Respekt."

Der junge Mann fragte weiter: "Und so jemand wird von der Polizei engagiert?"

Jetzt lachte sein Gegenüber: "Junge, so jemanden engagiert man nicht. Man entfesselt ihn."

DER MASKENMANN

Bekleidet ganz in schwarz und mit einer grotesken Schweinsmaske über dem Kopf, kletterte der Mann die Wand des Hochhauses hinauf. An seinen Handschuhen und Schuhen waren Krähenfüße angebracht, mit denen er sich Schritt für Schritt den schroffen Beton vorarbeitete. Doch jegliche Pein ignorierte er nur, er war ein Mann mit einer Mission.

Der Vollmond brannte förmlich in seinen Augen, als dieser seinen Körper nutzte, um ein Schattenspiel auf den nahe gelegenen Park zu werfen. Die Eulen dort untermalten das Szenario noch mit unheilvollen Rufen, in rhythmischer Melodie.

Nach einem zähen Kampf war er oben angekommen. Auf dem flachen Dach schnaufte er erst ein mal durch und machte sich dann auf dem Weg zu dem kleinen Häuschen, welches in das Gebäude führte. In seiner mitgebrachten Tasche griff er nach dem Dietrich und knackte das verrostete Schloss binnen Sekunden.

Auf leisen Sohlen nahm er die Treppen. Die Holztür, die in das Penthouse führte, konnte er mit leichtem Krafteinsatz einfach eindrücken.

Das, was er hier fand, wäre für ihn ein Traum gewesen, einst, in einem anderen Leben, bevor er sich dem wahren Ziel verpflichtete: Die klinische Designer-Inneneinrichtung mit all den teuren Gemälden und handgeschnitzten Möbeln stanken förmlich nach Luxus. In ihm regte sich kurz der Zorn, ob des Neides, ob der Dekadenz.

Doch er atmete diesen schnell davon. Er konnte sich die Wut jetzt nicht leisten. Er blickte noch kurz auf die Skyline der Stadt und machte sich dann auf die Suche. Zuerst ging er in das falsche Zimmer. Dort sah er nur zwei Spielautomaten, einen Flipper und einen Billardtisch.

Bei seinem zweiten Versuch hatte er dann mehr Glück. Vor ihm war ein Wasserbett, überzogen mit edler Seide. Unter der glänzenden Bettwäsche sah er vier Füße hervorblitzen. Er kam näher und konnte durch das Nachtlicht zwei Leute erkennen.

Links lag eine schöne Frau, wie Aschenputtel,

dachte er. Ihre Haare fielen gelockt herab und ihre Haut leuchtete vor purem Weiß. Er schob die Decke beiseite und sah einen fast nackten Körper, nur an der Scham bedeckt.

Er bewunderte diese perfekten Rundungen und seine Hand kam verdächtig nahe daran, sie zu berühren. Er wollte es, hatte er doch noch nie so etwas Schönes selbst besessen. Doch dann wurde er durch ein leichtes Knurren aus ihrem Munde wieder aus seiner Trance gerissen; nein, er durfte sie sich nicht nehmen. Er hatte seine Mission zu erfüllen.

Sanft deckte er sie wieder zu und wandte sich der anderen Person zu. Auf der anderen Seite lag das wahre Objekt seiner Begierde: Jakob Nepumuck, Herausgeber des stadtbekannten Nachrichtenmagazins NEUE ZEITEN. Seine Haare waren fettig verschmiert, sein Gesicht so faltig, wie man das von einem Mann Mitte 40 erwarten konnte, der auch dem Alkohol und Kokain nicht abgeneigt war.

Und dennoch war sichtbar, dass dieser Mensch mal ein attraktiver Bursche gewesen sein musste. Der Maskenmann spürte den Neid, das Ressentiment. Doch erneut brachte er sich unter Kontrolle. Er war so nah.

Er griff in seine Tasche und holte eine Dose Betäubungsspray aus ihr. So sehr er es dem gesegneten, privilegierten Bastard gönnte - er durfte nichts spüren, sonst würde er erwachen.

Mit einem Stakkato-Einsaugen verschwand die Wolke Hypnos in den Lungen des Schlafenden. Wie er es gelernt hatte, zählte der Eindringling in seinem Kopf bis zwanzig. Dann griff er zu seinem nächsten Utensil - ein feines, scharfes Skalpell.

Mit chirurgischer Präzision setzte er es an und schnitt um den Gesichtsumriss herum, dann hob er das Fleisch Stück für Stück an. Wie ein Pizzastück löste es sich und je mehr Gewebe abriss, desto mehr stieg des Handwerkers sadistische Freude.

Er legte es wie einen Lappen auf den Nachttisch daneben, direkt neben die 3.000-Euro-Lesebrille. Dann holte er eine Tube heraus und quetschte den Inhalt gut verteilt auf die Stelle, wo einen nur noch freigelegte Augen, Adern, Knorpel und Knochen anlächelte.

Mit seinen Handschuhen verrieb er alles noch gleichmäßig und holte dann eine Holzmaske aus seiner Tasche. Er nahm kurz Maß und schnitze sie dann mit einer kleinen Handsäge noch passend auf den Kopf des Mannes zu. Als er die Maske schließlich anbrachte, verzog sich genau in dem Moment die Wolke vor dem Mond und erleuchtete die Stelle so, dass das Motiv der Maske sichtbar wurde und fast so wirkte als grinse sie diabolisch: Adolf Hitler.

Mit einem letzten Stoß fixierte der Schweinemaskenmann das neue Gesicht, der Leim wurde an der linken Stelle leicht ausgepresst. Ein kleiner Makel seines Kunstwerks.

Dennoch zufrieden grinst er in sich hinein. Auf dem Nachtisch blickte er noch einmal auf die abgetrennte Visage. Da kam dem Mann noch eine Idee, die so nicht im Plan stand. Er nahm den Hautlappen, stand auf und ging zu dem Bild direkt gegenüber des Bettes. Er hing es ab und ersetze es durch etwas anderes: nun war dort anstelle des Andromeda-Nebels das Gesicht des Jakob Nepumuk, welches den restlichen Körper morgen nun frech angrinsen würde.

Innerlich zufrieden verschwand der Maskenmann wieder wie er gekommen war. Alles war reibungslos verlaufen. Das erste Mal in seinem Leben.

QUELLENSUCHER

Reginald Dux war heute, ungewöhnlich für ihn, früh aus den Federn gestiegen und verließ sein Apartment an der Wöhrder Wiese bereits um sechs Uhr morgens. Davor absolvierte er jedoch sein tägliches Programm: Einen Mix aus Eiern und Mars-Schokoriegeln mit etwas Milch, dazu noch dreißig Burpees und vier mal zehn Wiederholungen auf seiner Hantelbank mit 120 Kilogramm.

Gestärkt lief er durch die leeren Straßen Nürnbergs, unter verkommenen Brücken entlang, nie auch nur den Kopf einmal vom Weg abschweifen zu lassen. Dann ging er durch die U-Bahnstation in den Bahnhof und von dort dann zum Gleis. Dort machte er sich auf nach Gostenhof, einer Art Istanbul mitten in der Stadt.

Noch schlief die Multikulti-Welt dort fest, doch beobachtete er so langsam, wie die neue Zeit dort erwachte. An ein paar Junkies vorbei machte er sich auf den Weg zu seinem Ziel, dessen Position er sich daheim kurz an seinem Handy angesehen hatte und nun vollautomatisch hin lief.

Sein Ziel war der Sitz der Tageszeitung NEUE ZEITEN. Durch eine detektivische Meisterleistung hatte er den Mann, den er gestern verfolgt hatte, als Reporter identifiziert, der hier angestellt sein musste. Schließlich hatten diese gestern Abend noch einen Artikel mit netten Bildchen veröffentlicht und so einen landesweiten Skandal ausgelöst. Dux selbst war dort ebenfalls zu sehen, allerdings höflicherweise verpixelt. Die Diskussion lief heiß; die Polizei hätte den Vorgang vertuschen wollen, sie decke eine neue NSU-reloaded Neonazi-Terroristengruppe. In das gleiche Horn tutete auch die NEUE ZEITEN und der Reporter, der den ersten Artikel verfasst hatte: Fabian Mendel.

Natürlich hatten sie keine sonstigen Fakten zur Hand, aber das tat nichts zur Sache. Dux machte sich nie etwas aus Marktschreierei, war er doch ein rationaler, fast zu kalter Mann, dem seine romantische Ader durch das Leben weggebrannt worden war.

Dux hatte den Ort nach knapp zehn Minuten erreicht. Es war ein vierstöckiges Haus, in dem neben dem Verlag auch noch ein Zahnarzt und ein Tierarzt niedergelassen waren. Da konnten die Journalisten sich gleich behandeln lassen. Bei letzterem natürlich, den waren sie, so dachte Dux, größtenteils doch nur Schmierfinken oder bereits Ratten.

Vor dem Haus platziert, war schüchtern eine Parkbank. Als sei er ein alter Opa der Enten fütterte, ließ sich der große Mann dort einfach nieder und relaxte. Das Haus war noch unbelebt und wenn er Glück hatte, würde der Kerl, den er suchte, dort irgendwann auftauchen.

Wie eine Eiche saß er da, als zwei Stunden vergingen. Es waren viele Leute in das Gebäude gegangen, darunter auch ein paar heiße Damen, doch sein Zielobjekt hatte sich noch nicht erbarmt, vorbei zusehen.

Einen Moment später zuckte Dux' Augenbraue und sein kantig-attraktiver Kopf mit den stahlblauen Augen kam in Bewegung. Er hatte ihn erspäht. Und diesmal würde er ihm nicht entkommen. Unauffällig, wenn ein Mann seiner Statur das denn überhaupt konnte, schritt er voran, an den geparkten Autos vorbei und duckte sich auf Zwergengröße.

Das Zielobjekt war jetzt kurz davor, die Lücke am vergammelnden Holzzaun zu erreichen, von wo der Weg in das Gebäude führte. Doch dazu kam es nicht.

Wie ein Urwaldungetüm hetzte Dux am Kofferraum des roten Mercedes vorbei und griff sich den Lümmel. Mindestens fünfzehn Zentimeter kleiner und vierzig Kilogramm schwerer, zog er ihn dann in seine Brust gepresst um die Ecke, so dass sie ungestört waren, wie ein lüsternes Liebespaar. Der arme Mann hatte sich nicht einmal gewehrt. Jetzt stand er da, Angesicht zu Angesicht, mit der größten Angst seines Lebens ausgestattet. Dux musterte seine unterentwickelte Knochenstruktur, das schmale Kinn, den dickbuschigen Bart, die dünne Brille und bemitleidete den Kerl sogar ein wenig.

"Hallo, schön dich wieder zu sehen!", sagte Dux in hoher Stimmlage.

"Wer sind Sie?", tenorte sein Gegenüber.

"Falsche Frage, du Heuchler. Als ob man einen Mann wie mich vergessen würde!"

"Ich kenne Sie nicht, lassen Sie mich!"

Dux griff sich seinen Hals und begann sanft zu drücken.

"Vielleicht hilft das ja beim Erinnern."

"Sie Faschist! Bullenschwein!", krächzte er.

"Na also! Ganz schön mutig aber, für so einen Wurm. Ich hatte weniger Widerstand erwartet."

"Tja, wir sind eben die Stimme der Freiheit!"

"Ach so. Also ich will es kurz machen, du Hobby-Fotograf. Als erstes gibst du mir mal deinen Personalausweis."

Dux riss die Augen weit auf und drückte noch ein bisschen mehr an der Kehle herum. Der Mann gehorchte und langte in seine Hosentasche und holte seinen Geldbeutel heraus. Mit zitternden Händen übergab er ihm die Karte. Jetzt ließ Dux von ihm ab.

"Aha. Fabian Mendel. Dreiundzwanzig Jahre jung. Volltreffer! Ich merke mir mal deine Adresse. Wenn du plauderst, komme ich mal bei dir vorbei."

"Nazi-Methoden."

"Du bist wirklich frech und mutig, das muss man dir lassen. Ich könnte dich jetzt übel herrichten, mein Freund. Nur Essen müsstest du mehr, besonders Fleisch. Bist bestimmt Veganer!"

"Ja...", sagte er leicht verlegen.

"Also Junge, warum ich hier bin: mir ist schon klar, dass ihr in dieser versifften Redaktion da oben euch als die moralischen Retter des Rechts versteht. Das ist jetzt aber egal. Ich will nur wissen, woher du von der ganzen Sache wusstest."

Wie aus der Pistole geschossen und komplett einstudiert klingend kam zurück: "Ein guter Journalist nennt niemals seine Quellen."

Dux gab ihm eine Maulschelle. Leicht sabbernd und einen tollwütigen Hund spielend, zischte er den Mann dann an: "Ein guter Journalist, ja, aber ein miserabler Journalist, wie du, eine kleine miese Dreckskröte, macht das schon!"

Fabian Mendel erstarrte förmlich, wie als hätte er

nach Sodom geblickt. Diese Intensität war dann zu viel für ihn und er brach innerlich förmlich zusammen.

"Ein Mann bei der Polizei, Abari. Ahmet Abari! Er rief uns entsetzt an!", stotterte er.

Dux' Puls stieg. Ein Verräter bei der Polizei. Abari war auch gestern mit am Tatort gewesen. Das konnte Dux nicht ertragen, auch wenn es ihn nicht überraschte. Er kannte ihn gut, hegte aber keine Sympathien für den Mann. Aber er regte Sympathien für fast niemanden.

"Heute ist dein Glückstag, Fabian. Abari hat heute seinen freien Tag. Wir werden ihn gemeinsam besuchen!"

"Warum wir?"

"Weil ich jetzt keine unberechenbare Variabel in dem Ganzen brauche! Darum!"

Mendel nickte wie ein höriges Weib.

"Ich hoffe, du hast ein Auto?"

"Ja."

"Dann nehmen wir das. Ruf bei deinem Chef an, du hast Halsschmerzen!"

EIN RITT MIT DUX

Wie Sardinen in einer Dose, saß Dux nun neben seinem eben angeworbenen Fahrer. Aus den Audioboxen kamen abgegriffene Pop- und Rock-Hits aus den achtziger Jahren. Mendel warf den Motor seines, im Innenraum nach Orangensaft riechenden, VW Golfs quälend an. Ruckartig parkte er aus und fuhr dann gemächlich los, nur um das Auto dann beim ersten Gasgeben abzuwürgen.

"Nur keine Eile," sagte Dux unbeeindruckt.

Mendel seufzte nur. Jetzt klappte aber alles sofort und die Reise durch die Straßenschluchten begann. Nach drei Minuten der Stille wagte sich Mendel aus der Deckung.

"Sie sind kein gewöhnlicher Polizist."

"Du bist wirklich ein neugieriges Kerlchen."

"Waren Sie bei irgendwelchen Geheimdiensten?"

Dux kicherte los und klang dabei wie ein Kettenraucher. "Großartiger Kommentar. Du solltest nicht so viele Filme anschauen."

"Ich kann mir jemanden wie Sie einfach nicht auf Streife vorstellen."

Dux atmete laut aus. "Ich muss dir wirklich deine Illusionen rauben. Ich war mal kurzzeitig bei der KSK, aber..."

"Dann sind sie wegen undisziplinierten Verhalten raus geflogen," platzte ihm Mendel ins Wort. Dux war förmlich beeindruckt, denn er kannte niemanden, der so etwas bei ihm wagte.

"Vielleicht. Aber ich kann dir versichern, ich hatte mal eine gewöhnliche Polizeimarke."

"Bevor sie dann suspendiert wurden, weil sie jemanden schwer verletzt-"

"Jetzt reicht es erst einmal!", disziplinierte ihn Dux schroff.

Die lockere Gesprächsatmosphäre war wie weggeweht. Das Auto glich in den nächsten drei Minuten nun mehr einem dörflichen Friedhof.

Dann brach Dux wieder das Eis: "Da vorne dann links, das geht schneller."

Die Sanftheit dieser Worte entlockte dem jungen Mann neben ihm ein Lächeln. Er bemerkte, dass er plötzlich so etwas wie Achtung vor Dux gewonnen hatte, eine väterliche Zuneigung vielleicht.

"Sag mal, Fabian, wie kann ein so anständiger Bursche, wie du, so abdriften?"

"Abdriften?"

"Na in dieses linksversiffte Schreiberling-Mileu. Hättest du nicht etwas Anständiges werden können, Ingenieur oder so? Dein Intellekt hätte gereicht."

Leicht erbost, leicht verlegen schwieg Mendel vor sich hin. "Ich tue doch nichts Schlechtes," sagte er knapp eine Minute später.

"Der Weg in die Hölle ist oft gepflastert mit guten Absichten, mein Lieber. Das ist eine Lektion, die wir alle früher oder später lernen müssen," sagte Dux, die Melancholie in seiner Stimme nur leicht verdeckend.

"Wie kann der Kampf gegen Rassismus, die elitäre Mehrheitsgesellschaft, den Sexismus, den Imperialismus, ablehnungswürdig sein?", verteidigte sich der Fahrer.

"Ich werde darauf antworten, wenn ich mein Phrasenwörterbuch finde. Aber mein alter Hund scheint es mal gefressen zu haben.", brummte Dux.

Mendel senkte schmunzelnd seinen Kopf, so dass er fast den Blick auf die Fahrbahn verlor.

"Fahr da vorne jetzt rechts und such einen Parkplatz. Dann sind wir gleich da."

Während sich Mendel abkämpfte, zwischen zwei Autos seitwärts einzuparken, lauschte Dux jetzt dem Radio. Dort wurde mit Fahrstuhlmusik die Nachrichtensendung eingeleitet. Ihm war klar, was das Topthema war. Doch als das Top-Thema genannt wurde, würgte Mendel erneut seine arme Karre ab. Paraphrasiert kann man die Schlagzeilen so zusammenfassen:

Neonazis waren beim Herausgeber der linksliberalen Tageszeitung NEUE ZEITEN - Jakob Nepumuck - eingedrungen, hatten ihm das Gesicht abgeschnitten und stattdessen eine Adolf Hitler-Maske als neues Gesicht dort festgeklebt.

Dux musste - ob der Ironie oder der Absurdität - höhnisch los lachen, erkannte dann aber sofort den Ernst der Situation.

"Diese Schweine", stammelte Mendel. Dux erkannte die Angst in seiner Stimme, sicherlich fürchtete er auch Opfer zu werden.

Direkte Beweise für einen Neonazi-Angriff gab es nicht, jedoch verbanden dies sogenannte Experten sofort mit dem scheußlichen Leichenberg-Verbrechen, welches gestern erst bekannt geworden war. Ein neuer Neo-Nazi-Terror zog durchs Land, PEGIDA und die AfD waren mit Schuld, als ihre bürgerliche Fratze, und das Horst-Wessels-Lied würde die Charts stürmen. So klang es zumindest ein wenig.

"Wenigstens kannst du dir jetzt den Anruf wegen der Krankmeldung sparen," sagte Dux.

Beide lauschten der Lage noch eine Viertelstunde. Dux war es nun genug. Im Radio gab es nichts zusätzliches zu erfahren. Doch vielleicht würden sie ja bei Abati auf eine eigene Spur stoßen. Dux klopfte Mendel auf die Schulter und beide verließen den Wagen.

Über aufgeplatzten Asphalt suchte Dux die Klingeln und ihre verschmierten Beschriftungen ab, würde flugs fündig und bereits eine halbe Minute später röhrte die elektronische Türöffnung. Die pissgrün-akzentuierten Stufen, vier Stockwerke lang, waren für die beiden schnell genommen.

An der morschen Wohnungstür wartete Ahmet Abari bereits und als er Dux' germanischen, fein geschliffenen Blockschädel die Treppe hinaufkommen sah, gefror ihm prompt der Rücken. Er ging instinktiv einen Schritt zurück und stammelte dann los: "Dux, was willst du denn hier?", sein arabischer Akzent war fast nicht zu hören, und dazu war dieser auch noch mit einer fränkischen T/D-Schwäche vermischt.

Dux blaue Augen drohten ihn zu verbrennen, als er den Mann ansah. Er trug eine versiffte schwarze Adidas-Trainingshose und sein behaarter Bauch schaute unter dem violetten Puma-Shirt hinaus. Dux verachtete Leute, die Marken vermischten. Die weißen Tennissocken in den zehn Jahre alten Schlappen steigerten seine Laune zusätzlich nicht.

"Ich will dir Gesellschaft leisten!"

"Wirklich aufmerksam," stammelte Abari weiter. "Komm doch rein!"

Dux erkannte die schlangenhafte Falschheit in der Stimme sofort und in ihm stieg das Adrenalin, eine Wut fütternd, die er aber immer wieder beherrschen und kontrollieren konnte.

Die Drei gingen durch den engen Gang vorbei, der von einem altmodischen Kleiderständer und Telefonkästchen noch verschmälert wurde. Die Tapeten hingen ab wie die Haut einer sechzigjährigen Frau und hatten einen mattgrauen 80er-Jahre-Ton. Die Luft roch nach Gouda-Käse.

Die Tür in den Wohnbereich war zu niedrig für Dux, so dass er sich im Gegensatz zu den anderen beiden leicht ducken musste. Der Wohnbereich war Küche, Büro und Fernsehzimmer zu gleich. Dux erfreute sich kurz an dem alten Röhrenfernseher von LÖWE, erinnerte sich dann aber gleich wieso er gekommen war.

Abari bot ihnen mit einer Handgeste gleich einen

Platz auf dem beigen Stoffsofa an. Abari ging noch kurz in seine Miniatur-Küche und kam dann wieder zurück. "Musste noch kurz die Tasse austrinken", murmelte er. Er selbst nahm dann auf dem Sessel gegenüber Platz. Dux zeigte auf den TV.

"Nettes Gerät, war damals bestimmt teuer."
"Stimmt."

Dux betonte den folgenden Satz provozierend: "Bestimmt gebraucht."

Abari schwieg demonstrativ, nur seine Hand musste er unter Kontrolle halten. Er lenkte das Gespräch ab: "Und wer ist der junge Mann, den du mitgebracht hast?"

Dux war erneut kurz abgelenkt. Denn dort auf den Boxen der in einem Glasschrank stationierten Hifi-Station lag eine heidnisch-verzierte Maske, die ihn an eine Mischung aus einem Klischee-geschmückten Indianer und dem Leibhaftigen persönlich erinnerte.

"Guter Junge ist das." Dux schaute Mendel mit einem sarkastischen Gesicht an; Mendel selbst war eingeschüchtert in der Couch versunken. "Schnell ist er, und ein gutes Auge hat er auch!" Dann drehte sich Dux wieder seinem arabischen Kollegen zu.

"Dux, ich weiß doch, dass das kein Freundschaftsbesuch ist. Beeil dich, ich habe dann noch ein Date mit einer geilen Bitch!"

"Sehr witzig."

Plötzlich hatte Dux einen Geistesblitz! Dieser

Herr Nepumuck hatte ja auch eine Maske aufgeklebt bekommen. Natürlich war es sehr weit hergeholt, hier eine Verbindung zu konstruieren, doch ein gewisser Zufall war das schon, dachte sich Dux.

"Was ist das für eine exotische Maske dahinten?", fragte er trocken.

Abaris Lippen wabbelten kurz, unscheinbar, aber Adler-Dux erkannte es.

"Hab ich auf einem Flohmarkt gekauft."

"Auf welchen?"

Abari zögerte. "Weiß nicht mehr. Und jetzt sag endlich!" Den letzten Satz brüllte er fast heraus.

"Im Leben von heute dreht sich alles um Quellen. Schau, der junge Mann neben mir hat Quellen, ich habe Quellen..." - Dux blickte dem Araber tief in die Augen - "...manche Leute SIND Quellen..."

Sein Gegenüber sprang auf.

"Was ist denn los, Ahmet?"

Wortlos setzte er sich wieder und steckte seine Hand in seine linke Hosentasche, als ob er dort etwas überprüfen musste.

Dux ließ die ganze Versteckspiel-Scheiße jetzt sein: "Warum hast du die Information weiter gegeben?"

"Welche Information?", heuchelte Abari los.

Löwenartig hob sich Dux vom Sofa. "Ich werde gleich böse."

Abari drückte sich förmlich in den Sessel, als wollte er darin verschwinden. Er kannte Dux, er kannte den Wahnsinn, der in diesem brillanten Geist schlummerte, er wusste, dass er im Nahkampf keine Chance hatte.

"Ihr hättet es doch verschwiegen!", haspelte er umher.

"Du weißt, dass das Unsinn ist!", fauchte Dux zurück.

"Ihr wollt uns doch klein halten!"

"Wer will wen klein halten?"

"Na ihr Deutschen uns Ausländer."

Dux lachte. "Ja, mit Sozialleistungen. Und Quotenplätzen. Ohne die du inkompetenter, korrupter Sack niemals die Stellung bekommen hättest, hätte man nur Leistung zählen lassen!"

Abari schnaufte tief.

"Ich glaube dir trotzdem nicht, dass das dein Motiv war!", fuhr Dux oberlehrerhaft fort. "Da steckt mehr dahinter!"

Sekunden der Stille.

"Rede jetzt. Du weißt mehr über die ganze Sache, als du hier vorgibst!", brüllte Dux. "Komm, du alter Kameltreiber!"

Abari biss sich auf die Unterlippe, doch er konnte seinen Zorn nicht mehr zurückhalten.

"Ich würde dich gerne abstechen!", schrie der Araber zurück.

"Womit denn? Mit einem Dönerspieß?"

Ahmet Abari schleuderte sich aus dem Sitz und zog seine Hand aus seiner Hosentasche. Darin befand sich auf aufgeklapptes, fünf Zentimeter langes Butterfly-Messer, mit welchem er jetzt geifernd in Dux Richtung raste: "Damit, du rassistisches, deutsches Dreckschwein!"

In einem Augenschlag sprang der unbeteiligte, apathische Mendel zur Seite auf den rauen Teppichboden. Dux war vorbereitet und griff mit seinem Pranken unter die messerführende, linke Hand des Angreifers und presste ihn nach oben.

Trotz des Adrenalin- und Zeitvorteils hebelte Dux Abari aus und zog den Arm wie einen Uhrzeiger nach hinten, riss das Gelenk dann schräg nach links unten, fixierte den Arm dort und presste seine Knochen zusammen wie eine Dose.

Abari stieß einen langgezogenen Schrei des Schmerzes aus, als Dux seine freie rechte Hand zu Abaris Kehle führte und ihn dann auf die Knie, in eine Gebetsstellung, zwang.

"Gib auf oder ich mach den Seagal!", sagte Dux nüchtern.

Sein Gegner antwortete nicht.

"Rede! Warum hast du die Presse informiert?"

Keine Antwort. Jetzt brach Dux das Gelenk wie einen morschen Ast. Abari wälzte sich am Boden wie ein Käfer und jammerte wie ein Katze.

"Das hast du dir selber zuzuschreiben!"

Abari begann zu schluchzen. Tränen kamen aus seinen Augenwinkeln. Dux drehte ihn mit seinem linken Bein um, so dass ihm Abaris Bauch zugewandt war. Dann stieg er auf das rechte Schulterblatt und sagte nur kalt: "Wie gut, dass du auch noch einen anderen Arm hast. Und dazu noch viele, viele andere Knochen!"

Der verstörte Mendel hatte sich wieder aufgerichtet und rief Dux zu: "Psychopath."

Doch Dux drehte sich nur kurz um und lächelte ihn an, nur um sich dann wieder seinem Opfer zu zuwenden.

"Dux, ihr habt keine Chance. Ihr habt schon verloren. Ihr könnt es nicht mehr aufhalten!", wimmerte Abari. Es war, als wolle er in seiner Niederlage noch so etwas wie einen eigentlichen Triumph andeuten.

"Wenn du noch mehr so Andeutungen machst, werde ich noch mehr nachfragen müssen, Abari."

Abari lachte verzweifelt. "Unsere Masken werden fallen. Ihr Ungläubigen werdet untergehen!"

"Also steckt da schon wieder so ein islamischer Wüstenkult dahinter? Doch warum tötet ihr die eigenen Leute? Und wer waren die zwei anderen Leute am Tatort? Die Toten mit den Waffen! Rede!"

Der Mann am Boden wurde plötzlich ganz still und schloss die Augen. Dann flüsterte er: "Es ist mehr. Viel mehr. Er wurde wiedergeboren und schenkte uns die wahre Identität."

"Hör jetzt auf mit dem Blödsinn," fauchte Dux und trat wieder stärker auf die Schulter, so als wolle er die Wahrheit aus ihm auspressen.

Doch wie der Blitz schnellte Abaris Kinn nun nach oben. Der Rücken verkrampfte sich und er riss die Augen weit auf.

"Dux, hilf mir! Dux!", kreischte er hysterisch und begann am Boden zu rütteln wie ein aufgezogener Kreisel. "Hilfe! Die Saat geht auf!"

Selbst Dux zuckte zusammen. Das Ganze erinnerte ihn an einen Exorzismus!

"Die Saat!", schrie er, fast platzend. "DIE SAAT!"

"Abari, was ist das für ein Theater? Hast du einen an der Waffel?", sagte Dux, hilflos wirkend.

Abari keuchte und streckte seinen linken Arm aus, ihn Dux entgegenstreckend. Es wirkte, wie als wollte er sich entschuldigen, verabschieden oder einfach nur noch ein mal menschlichen Kontakt spüren.

Aus Höflichkeit griff Dux Abaris Hand.

Dann folgten ein paar Sekunden der Friedhofsruhe.

Und plötzlich dampfte Abaris Körper. Die Haut verknospete sich, die Augen traten wie Zahnpaste aus den Augenhöhlen hervor. Wellenförmig schwankte der Körper noch ein mal und verlor dann jegliche Körperspannung.

Vor Dux lag nun nur noch ein Lappen aus menschlichem Gewebe.

Wie die Leichen von dem Berg am Tatort, durchfuhr Dux.

Mendel stand jetzt verstockt neben ihm. "Was ist

hier geschehen?", fragte er vorsichtig und ängstlich.

"Ich habe keine Ahnung."

KLEINE BIESTER

Knapp zwanzig Minuten mussten Dux und sein Begleiter warten, bis die Polizei anrückte. Die Kavallerie bestand aus vier Amtsbütteln: drei Männer von der Spurensicherung und Otto Korben mit seinem Azubi und Protege Eduard Wempel.

"Da haben Sie ja wieder eine ordentliche Sauerei angerichtet, Dux!", maßregelte Korben sein Gegenüber.

"Notwehr. Ich habe auch einen Zeugen. Und mit der plötzlichen Emergenz des Kesselfleischs aus gesunden Menschen habe ich nichts zu tun. Solche Fähigkeiten besitze auch ich nicht."

Alle im Raum japsten über diese zynische Bemerkung.

"Gibt es neue Informationen zu den Toten im Lagerhaus?", fragte Dux.

Korben nickte Wempel zu. Dieser ging wortlos zu Mendel. Dieser verstand sofort und beide verließen den Raum.

"Das Labor hat ermittelt, dass es sich um eine Art interne Selbstentzündung handeln muss. Etwas scheint mit den Blutkörperchen zu reagieren und eine exotherme Reaktion auszulösen. Aber die

Mediziner und Biologen haben so etwas noch nie gesehen."

"Ein Mikroorganismus?"

"Ja, wohl eine Art Virus. Aber die Experten haben in den Zellen dort gewisse chemische Substanzen entdeckt, die dort nicht hingehören. Diese haben dann die Reaktion ausgelöst. Aber es ist kein organischer Organismus bekannt, der zu so etwas fähig ist."

Im Hintergrund hörte man das Klicken von Blitz-Fotoapparaten. Der Raum füllte sich langsam mit ranzigem Margarine-Kühlschrank-Geruch.

Dux fixierte noch einmal Abatis Körper, der komplett einkleidet worden war. Er musterte ihn blitzschnell und konzentrierte sich dann wieder auf seinen Chef.

"Er hat keinerlei offenen Verletzungen. Und so weit ich weiß, hatte er auch keinen näheren Kontakt mit den infizierten Leichen als wir. Er kann sich also nicht über die Luft angesteckt haben, denn sonst würden wir jetzt auch tot sein."

"Vielleicht kommt das bei uns noch. Vielleicht sollten wir Quarantäne ausrufen."

Dux überlegte und schüttelte den Kopf. In seinem Kopf malte er sich Abatis Aufenthalte nach dem Tatort-Besuch aus. Da es schon spät war, war er wohl mehr oder weniger direkt nach Hause gefahren. Außer zu superheißen Supermodels hatte er kaum soziale Kontakte, aber er erzählte, dass er oft an der Dönerbude um die Ecke das Abendessen einnahm, was man seinem Leib ja auch ansah.

"Sind die anderen Leichen schon identifiziert?"

"Keine persönlichen Details. Die DNA-Tests zeigen aber bei allen eindeutig in die Nahen Osten."

"Und die anderen beiden Clowns, die ich noch entdeckt habe? Die Kerle waren ja hautmäßig noch eben wie ein Neugeborenes."

"Auch keine Treffer. Nicht weit von ihren Leichen haben wir übrigens noch ein paar Kanister Brandbeschleuniger entdeckt." "Interessant... und die genetische Analyse sagt jetzt?" "Der eine zieht genetisch in die gleiche Richtung, aber ein wenig weiter östlich. Vielleicht Indien, Iran oder Afghanistan. Der andere ist..."

Korben schwieg und wurde leicht rot im Gesicht. Dux schaute ihn erwartungsfreudig an, nur leicht erstaunt über die Zögerlichkeit eines gestandenen Mannsbildes wie seinem Vorgesetzten.

"Aschkenasim. Ostjüdisch. Mit 95% Wahrscheinlichkeit."

Wie eine Starkstromladung schlug das in Dux' muskelbepackten Körper ein und brachte selbst diesen Berg von einem Mann ins Wanken. Das klang nach internationaler Brisanz, das klang nach einem großen Ding, vor allem klang es nach MOSSAD - dem israelischen Geheimdienst.

Korben fuhr fort: "Ich bin mir nicht sicher, wo wir da hineingeraten sind. Ich weiß noch gar nicht, wie ich das dem Innenministerium erklären will und wie und ob wir das alles so an die Presse geben."

Dieses Puzzle war in noch viele kleinere Schnipsel zerfallen.

"Dux, die Presse läuft heiß. Sie vermuten einen Rassisten-Mob hinter dem Ganzen. Selbst meine Frau und meine Kinder wurden schon belagert. Die Journalisten geifern, sie wollen Blut sehen. Viele Migranten rufen besorgt bei der Polizei an, manche attackieren sogar zufällig Deutsche auf der Straße."

Kochendes Blut, kochende Stimmung. Und es war sicherlich noch nicht vorbei.

Ohne ein Wort zu sagen, lief Dux aus dem Raum.

"Wo gehen Sie hin? Wir haben noch nicht über die Quarantäne entschieden."

Doch der Gigant reagierte nicht. Außerhalb der Wohnung zeigte er auf Mendel und signalisierte ihm so, mitzukommen. Der Nachwuchspolizist Wempel zuckte nur mit den Schultern und ging wieder zu seinem Boss in das Apartment.

"Wo gehen wir hin?", fragte Mendel schüchtern.

"Ich muss eine Hypothese überprüfen."

Zielgerichtet verließen sie das Hochhaus und bogen rechts um die Ecke, knapp zwei hundert Meter weiter. Angekommen an einem herausgeputzten Döner-Laden versuchte Dux die Tür zu öffnen, doch sie war versperrt. Umherschauend entdeckte er eine Eingangstür im gleichen Gebäude. Er klingelt am Türschild, auf dem Yücsel stand.

Dux war sichtlich überrascht als plötzlich ein mittelalter türkischer Mann die Tür öffnete und ihn freundlich anlächelte.

"Kann ich ihnen helfen? Sie sehen aus, als hätten Sie einen Geist gesehen?", sagte der Mann in perfektem Hochdeutsch.

"Gut möglich. Sagen Sie, war gestern Herr Abati bei ihnen?"

Herr Yücsel zögerte kurz und sagte dann: "Ich glaube schon."

"Wer war sonst noch im Laden?"

"Mohammed, mein einziger Mitarbeiter, neben meiner Frau."

Dux ballte die Faust an seinem hängenden linken Arm.

"Wo wohnt er?", sagte er hektisch.

"Gleich gegenüber," sagte der Mann und deutete auf das kleine Häuschen auf der anderen Straßenseite.

Schnurstracks drehte sich Dux um, wendete dann jedoch noch ein mal kurz und sagte: "Eine Sache noch: Haben Sie griechische Vorfahren?"

Yücsel schüttelte verwirrt den Kopf, nickte dann aber: "Ja, auch wenn ich darüber nicht sehr gerne rede."

Dux sagte nichts und passierte die Straße. Dort klingelte er, erhielt aber auch nach dem dritten Versuch keine Antwort. Mit seinem gesamten Gewicht einer halben Elefantenkuh zerschmetterte er das membranige Schloß.

Es überraschte Dux nicht, was er im 1. Stock fand: einen Mohammed, aufgedunsen, aufgekocht - tot.

"Ruf Korben an, ich diktiere dir seine Nummer," befahl er dem verwirrten Mendel.

"Woher wusstest du?", fragte dieser nach. Er erhielt keine Antwort, bekam dann die Nummer diktiert und erklärte nervös dem Mann an der anderen Leitung, Korben, die Situation.

Zehn Minuten später kamen Korben und drei seiner Leute angetrabt.

Bevor irgendjemand etwas sagen konnte, sagte Dux zu Korben: "Bringt Mendel wieder nach draußen und sperrt ihn in die Arrestzelle, bis ich ihn wieder hole."

Mendel rief entsetzt: "Was?"

Dux verzog keine Miene, als er abgeführt wurde.

Dann erklärte sich der große Mann endlich: "Der Virus, dieser Organismus, er scheint nur Araber zu befallen."

"Das ist eine Katastrophe!", fuhr Korben aus dem Munde.

"Ich denke, wir hatten trotzdem Glück im Unglück: Dieser Mann dort hatte wahrscheinlich keinen Kontakt zu anderen Menschen und Abati wahrscheinlich auch nicht. Uns scheint aber keine Gefahr zu drohen."

Korben zögerte. "Wenn nicht, dann riskieren wir hier die totale Epidemie."

Dux nickte. "Ich gehe jetzt nach Hause und ruhe mich aus. Entscheide du, wie du damit umgehst."

Wortlos verschwand er wieder, ein Deja-Vu für Korben, der ob der aufgetragenen Verantwortung einfach nur begann zu schwitzen.

DUNKLE ENTHÜLLUNGEN

Die Mitternachtsbässe der edlen Karossen hämmerten durch die Gassen der Stadt, als Dux im Büro seines Bosses aus dem Fenster sah. Er sah mittelalterliche Gemäuer, die einst dem Feuersturm der Amerikaner trotzig widerstanden hatten. Der Frost legte sich in seine Lungen und in Momenten wie diesen fühlte er sich frei. Vor ihm führte seine Atem in der Kälte hypnotisierende Tänze auf.

Er drehte sich um schloss das Fenster, jetzt komplett im grellen Neonlicht stehen. Korbens Büro stand voll mit antiken Akten, in der Mitte ein dreißig Jahre alter ebenhölzener Tisch mit einem schäbigen Stuhl. Dux fragte sich, ob das am kargen Polizeibudget lag, oder ob Korben es so besser gefiel.

Er setzte sich gegenüber auf den Stuhl, der nicht mal Polster hatte. Korben saß gegenüber und studierte seinen Flachbildschirm, heimlich rauchend und so immer weiter das liebliche Gelb an seinen Zähnen und der Decke fördernd.

"Du machst heute ganz schön Überstunden, Otto!"

Korben lugte hinter dem Monitor hervor und grinste nur, dabei fehlte ein linker Schneidezahn seines Abrasionsgebisses. Fast wäre ihm auch noch die Asche der Zigarette auf seine Hose gefallen, doch der Polizeimann fing sie in der Luft auf.

"Wir haben die ganze Straße befragt, wer wo mit wem Kontakt hatte. Aber scheinbar hattest du recht. Und dann noch die Presseleute!"

"Musst du eigentlich immer so tun, als würdest du mich nicht kennen, vor anderen Leuten?", witzelte Dux.

"Meine Freundschaft mit dir könnte mich irgendwann mal in ernste Verlegenheit bringen. Das weißt du."

Dux rollte die Augen. "Du bist der einzige Mensch, bei dem ich eine solche Heuchelei toleriere."

"Und du bist der einzige Mensch, dem ich seine Gewaltausbrüche toleriere."

"Immerhin bringen sie Ergebnisse."

"Ja, aber wenn dein Freund Mendel aus der Zelle raus ist, wird er zu seiner Zeitung rennen und wir werden massiven Ärger kriegen."

"Mach dir keine Sorgen. Ich werde ihm Loyalität lehren."

Es klang wie eine Drohung.

"Wir haben die ganze Sache jetzt intern besprochen, mit vertrauenswürdigen Leuten. Es bleiben die Details vorerst bis morgen Nachmittag unter Verschluss."

Dux nickte. "Das ist das Beste."

"Und wieso tauchst du mitten in der Nacht auf?"

"Mir gingen gewisse Dinge durch den Kopf. Es ist wahrscheinlich nichts Wichtiges. Nur, die Sache mit Nepumuck..."

"Seine Verschönerung?", warf Korben ein.

"Und diese Maske in Ahmets Büro. Dazu redete er auch etwas von Masken. Weißt du, was er damit meint?", elaborierte Dux.

Sein Gegenüber hob verdächtig den linken Arm, so als wollte er ihn wie einen Schild vor sich halten. Es war das Wort Masken, bei welchem Dux auch bemerkte, dass sich Korbens gesamte Körperhaltung änderte.

"Nein!", sagte er wenig überzeugend.

Dux starrte ihn an.

"Also - was hat es damit auf sich?"

Korben seufzte. "Du kannst dich doch an die Berichte in den letzten Monat erinnern. Die verschwundenen Frauen."

Dux spitzte seine Ohren.

"Wir haben Indizien, dass sie auf einen mysteriösen Kult zurückgehen."

"Einen Kult?"

"Einen Maskenkult. Wie gesagt. Das haben Vernehmungen ergeben."

"Und was zelebrieren diese Leute? Jungfrauenopfer?"

Die Neonleuchte an der Decke des Büros flackerte drei mal und lief dann wieder auf normaler Leistung.

"Wir wissen es nicht. Wir haben diese Spur erst vor ein paar Wochen entdeckt. Von dem Kult wissen wir aber schon länger, jedoch hat er erst in den letzten Monaten an Zulauf gewonnen."

"Wie lange wisst ihr davon?"

"Vier Jahre."

Dux wollte seinen Freund erwürgen. Nur sein mentales Training hielt ihn davon ab, seinen Berserker-Modus zu aktivieren und sein übles Werk zu verrichten.

"Wieso habt ihr nichts unternommen?"

"Er war unwichtig. Das wurde so beschlossen."

"Ich glaube dir kein Wort. Gerade du, der früher jeden wegen eines überzogenen Parktickets verhaften wollte!"

Beschämt blickte Korben auf den Boden.

"Raus mit der Sprache!", bohrte Dux mit 4.000 Umdrehungen die Minute nach.

"Es ist politisch heikel! Diese Sekte scheint aus Afrika zustammen und hat nun auch islamische Elemente aufgenommen, mit einem Hauch Kommunismus."

"Wirklich wunderbar!"

Dux biss sich auf die Zähne und verlor wichtige Zahnsubstanz.

"Korben, wenn auch nur die geringste Chance besteht, dass diese Kerle hinter diesen Entführungen stecken und vielleicht dieser ganzen anderen Scheiße stecken, dann..."

Dux atmete durch und fuhr dann fort: "...überleg mal es hätte deine Tochter erwischt."

Das Wort Tochter ließ Korben erneut zucken. Jetzt hatte Dux Blut geleckt.

"Was steckt noch dahinter?", fauchte Dux.

Korben duckte seinen Kopf.

"Was?", fauchte er nun noch lauter.

Korbens Widerstand brach. "Wir haben ein Abkommen geschlossen. Sie halten ihre Aktivitäten niedrig und wir lassen sie in Ruhe."

Dux sagte jetzt fast kraftlos: "Ich kann das nicht glauben."

"Diese Leute haben uns Beamte und Lokalpolitiker systematisch beschattet. Alles aufgeschrieben. Und uns dann ihre Aufzeichnungen und Fotos präsentiert. Unsere Wohnorte. Familien. Gedroht, falls wir intervenieren, würden sie uns alles nehmen!"

Fast unhörbar sagte Dux: "Ihr Feiglinge. Du Feigling!"

"Das ist kein Spaß, Dux!", wehrte sich Korben jetzt laut. "Sie haben uns abgetrennte Köpfe präsentiert, Leichenteile und Videos von Frauen, die sie vergewaltigt haben."

"Wann präsentiert? Gab es auch noch eine offizielle Konferenz, oder was?"

"Ja."

"Und du warst dabei?"

Beschämt nickte Korben.

"Wo?"

"Wir wissen es nicht. Wurden abgeholt. Gefilzt. Dann an einen Ort gebracht. In einen dunklen Raum. Dann zeigten sie uns erst ihr Drohmaterial. Und dann redeten sie mit uns. Zwei Personen. Der eine trug eine Totenkopfmaske, wie aus Granit geschnitzt. Dann noch ein etwas Größerer, den der andere nur mit der Gefallene Gebieter ansprach."

Er legte eine demonstrative Pause ein. Dabei fiel ihm jetzt die Asche auf die Hose und er machte keine Anstalten, dies zu korrigieren. Wie eine Eiche saß er da, festgewurzelt bis zur Versteinerung.

"Rede weiter..."

"Der Gefallene Gebieter sprach wie ein fleischgewordenes Grab. Diese tiefe Stimme, dieser seltsame, stöckelnde Gang. Dazu war er mit einem Gewand behangen, fast wie eine Burka. Tief schwarz. Und immer dieses Gefuchtel. Wie das absolute Böse..."

Dux spürte Angst in seinem Gegenüber. Das erschauderte ihn selbst, den Korben war ein harter Realist, von altem Schrott und Korn.

"Und dann habt ihr dieses Abkommen ausgehandelt."

Wie als sei seine Brust wieder etwas gelöst, begann er sich zu rechtfertigen: "Ja, aber wir haben vorsichtig weiter recherchiert. Wir wissen ungefähr, wo sie sich versammeln..."

"Na immerhin", sagte Dux sarkastisch.

"Nahe der Geier-Mühle, tief in den Äußeren Bezirken."

Dux sprang auf.

"Reg, was machst du?"

"Ich hole sie mir."

Panisch gestikulierend sprang Korben auf und wollte ihn festhalten. "Vergiss es, du bringst uns alle in Gefahr-"

Dann hatte er Reginald Dux' Faust im Gesicht und fiel ohnmächtig zu Boden.

Der große Mann verschwand und lies ihn dort liegen, nicht ohne zu denken: "Das hast du verdient."

DIE HÖHLE DES LÖWEN

Dux holte sich Verstärkung für dieses kühne Unterfangen, welches sich nun in dieser Nacht abspielen sollte. Mendel geiferte wild los, als er ihn in den Zellenbereich kommen sah und ein Beamter das Gitter aufschloss. Todesangst habe er gehabt, bei all den Gestalten, mit denen er dort seinen Käfig teilte.

Dux redete beruhigend auf ihn ein und schließlich machten sich beide mit einem Taxi auf dem Weg zurück nach Gostenhof, wo Mendels Auto noch auf sie wartete. Sie stiegen ein und nahmen Kurs auf die ominöse Gegend, wo ein gewaltbereiter Kult auf sie warten sollte.

"Bist du aufgeregt?", fragte Dux ihn während der Fahrt. Natürlich verneinte Mendel das und Dux registrierte dies sofort.

"Ich habe dir die Lage jetzt genau geschildert. Wir suchen dir einen Ort und du hörst über das Mikrofon mit. Sollte ich dann das Losungswort sagen, rufst du sofort die Bullen!"

"Hast du dir jetzt schon ein Losungswort überlegt?"

"Pizza Fungi."

Die Ampel vor ihnen sprang zu schnell auf rot und Mendel musste fast eine Vollbremsung einlegen.

"Da hättest schon über rot drüber gekonnt," hauchte Dux.

"Vorschrift ist Vorschrift."

"Du lernst langsam. Gut!"

Ohne Zwischenfälle erreichten sie dann einen Parkplatz, so leer wie die christlichen Kirchen im 21. Jahrhundert. Beide schlichen durch das Gebüsch und observierten die Gegend. Der See nebenan schwankte in tosenden Wellen, überschäumend wie eine junge Frau in Erregung.

Es dauerte nicht lange und er sah einen Mann mit einem Turnbeutel neben ihnen vorbeischlendern. Dux nickte Mendel zu und nahm alleine die Verfolgung auf. Wie eine Katze auf der Pirsch, heftete er sich an die Fersen des Mannes, den er schnell als Ostafrikaner, wahrscheinlich Somali, identifizierte.

Der angrenzte Kanal, an dem sich Dux jetzt regelmäßig im Stop-And-Go-Prinzip an die Wand presste, stank wie die Vagina einer Greisin. Nach zwanzig Metern folgte eine Brücke, unter deren Betonpfeiler zwei Penner schliefen.

Nach weiteren hundert Metern kamen sie an eine Böschung. Hier keinen Laut von sich zu geben und gleichzeitig den Abhang hinunter zu gleiten, auf dem rutschigen Sand, war eine Herausforderung.

Doch nach der Hälfte des Hanges sah Dux in der Ferne einen alten Eisenbahntunnel, der wohl nicht mehr in Betrieb war. Genervt rannte er jetzt auf den Afrikaner zu und würgte ihn. Geruch saurer Milch schoss ihm in die Nase, als er sich dessen glitschige Haut ergriff. Nach kurzem Kampf lag der Mann dann bewusstlos am Boden.

Dux griff nach dem Turnbeutel, öffnete ihn und fand, wie erwartet, eine Maske. Sie ähnelte zwei Bananen, die wie siamesische Zwillinge verwachsen waren und feurige Teufelsaugen besaßen.

Ohne zu zögern hob er das massive Kunstwerk

an und platzierte es vor seinem Gesicht. Nach kurzer Verschnürarbeit saß es dann fest.

Dux bemerkte die Macht der Maske sofort. Auf einem unterschwelligen Level begann er sich mit der Figur zu identifizieren und spürte Entfremdung von sich selbst. Es befreite ihn in einer gewissen Art und Weise von all den Lasten der Vergangenheit.

Wie die Motte zum Licht schwirrte er nun zu dem Eisenbahndurchgang. Er hoffte nur, er würde sich dort nicht verbrennen. Angst empfand er natürlich keine.

"Alles Roger!", gab er kurz durch den Sender durch.

Die Schienen waren bereits angerostet, führten sie scheinbar in eine nahe, längst stillgelegte Fabrik. Dann hörte er Stimmen, verdichtet wie das Zirpen der Grillen in einem Sommerabend in ungerodetem Gebiet. Je näher er dem Tunneleingang kam, desto lauter wurden sie. Er konnte aber keine Sprachen oder Worte identifizieren.

Der gesamte Tunnel war mit Fackeln durchleuchtet. Wie ein Phantom erschien ein Schatten an der Wand, seltsam verzerrt und immer größer werdend. Ihm entgegen kam ein Mann mit einem Pferdekopf. Dux wusste nicht, wie er reagieren sollte, doch sah dann, dass die Gestalt irgendwo links einbog.

Er ging flink an die selbe Stelle und sah dort

einen weiteren Gang. Das Pferd sah er nur wenige Meter vor sich. Er folgte ihm durch ein verquertes Gängesystem, vorbei an versifften Ratten und widerlichem Uringestank.

Die Stimmen wurden immer laut. Dann erkannte er es. Es war ein Chor. Doch die Worte entschlüsselte er nicht.

Nach einer weiteren halben Minute verbreiterte sich der Gang. Ornamente waren an den nun edel gemauerten Wänden platziert: Geschmeidige Masken, hässliche Masken und ab und zu auch ein islamischer Halbmond.

Plötzlich konnte er die Worte des Chors verstehen: "Gefallener Bote! Gefallener Bote!" Immer und immer wieder.

Zwischendrin folgten Fetzen wie "Erlöse uns!", "Im Namen Allahs" oder auch "Wiederkehr!"

Dazu das tiefe Grollen eines Gongs. Schließlich führte eine Treppe nach unten. Unten angekommen biss der Weihrauch förmlich in die Nase. Er folgte dem Pferde-Mann jetzt nach links und kam dort in eine große Halle.

Wie in einem mittelalterlichen Thronsaal stand dort ein Mann auf einem erhobenen Podest und heizte der Menge ein. Er trug eine aus Granit geschlagene Totenkopfmaske, die jedoch deutlich asymmetrisch war. Neben ihm standen zwei Männer mit Janusmasken, jeder von ihnen mit einer Heckler & Koch-Maschinenpistole in den Händen.

Darunter johlte die Menge, es mussten mindestens fünfhundert Menschen sein, alle verdeckt mit den wundersamsten Masken, die Dux sich je hätte vorstellen können.

Dux kontrollierte sicherheitshalber noch einmal seine Sig Sauer-Handfeuerwaffe, die er sich um den Bauch gebunden hatte.

Jetzt erst bemerkte er auch, dass die Worte des Priesters, wenn man ihn so nennen wollte, von den beiden anderen bewaffneten Wächtern neben ihm, jeweils in Englisch und dann in Französisch wiederholt wurden.

Dux checkte die Männer und ordnete sie weitestgehend als undeutsch ein. Er positionierte sich dann in einem Eck unter einer spielenden Fackel, um das Spektakel zu begutachten. Die Menge bestand vermutlich nur aus maskulinen Menschen, dachte er. Doch als er diesen Gedanken zu Ende führen wollte, kam eine andere Person auf die Bühne.

Sie trug eine Rittermaske und bewegte sich doch so ganz feminin, wie Dux sofort erkannte. Sie versuchte das aber zu verschleiern und tat das auch sehr geschickt, doch einen Profi wie ihn konnte man nicht so einfach hinter das Licht führen.

Nun aber eröffnete der Totenkopfmann endlich die Predigt. Dux war rechtzeitig gekommen, um seine Indoktrination zu empfangen.

"Gleichgestellte!", schrie der Priester. "Ihr dient

dem Gefallenen Boten, doch seid ihr auch wie er nur Kinder des Herrn!"

Die Menge antwortete mit lautem, euphorischen Gebrüll.

"Der Gefallene Bote wird euch allen das Geben, was ihr euch wünscht! Doch ihr müsst den Plan streng befolgen!"

"Den Plan!", schrie ein großer Teil der Menge.

"Ausgebeutet seid ihr armen Seelen, durch die, die den Teufelsmächten dienen! Schaut sie euch an, in ihren warmen Einfamilienhäusern! Errichtet auf eurem Schweiß und Blut! Den Leichen eurer Kinder!"

Die Reaktionen wurden lauter und durchgeknallter.

"Wir werden ihre Häuser stürmen! Und uns ihre Frauen nehmen! Sie werden nichts tun können, denn der Gefallene Bote hat uns das Schild Allahs geschenkt!"

"Göttlicher Bote!", hallten die fünfhundert Kehlen durch den Saal.

"Und nun zeigt er euch seine Macht!", verkündete der Priester.

Aus heiterem Himmel regnete es jetzt Euro-Scheine. Wie Ertrinkende nach Luft, fielen die Leute über das Geld her, Dux fing instinktiv einen Hunderter.

"Ein Vorgeschmack auf die Früchte, die euch der Bote und Allah gewähren werden!"

So plötzlich wie er gekommen war, endete der Reigen. Alle Augen waren wieder auf die Bühne gerichtet.

Der Prediger ging auf die Seite und zwei große Ziegenköpfe brachten einen Mann herein, der in einem Glascontainer gefangen war. Er hämmerte in Panik gegen die Wand. Seine Haare waren blond und er trug ein Puma-T-Shirt mit einer kurzen Hose.

Dann hob der Totenkopfmann ein Reagenzglas in die Luft und verkündete: "Das Schild Allahs!"

Alle skandierten in epischer Breite, wie in einem Fußballstadion: "Allahu Akbar!"

Bedächtig schritt der Prediger zu dem Container. Der Gefangene drehte sich zu ihm, mit sichtlich aufgerissenen Augen. Wie von Geisterhand schwebte der Priester nun in die Luft.

Dort öffnete er einen Deckel und schleuderte das Glas in den Container, nur um den Deckel so schnell wie möglich wieder zu schließen. Der Gefangene hatte vergebens versucht, die Tube zu fangen.

Es zerplatze am Boden. Die Menge skandierte wieder unverständliche Parolen.

Der Totenkopfmann riss die Arme in Siegerpose in die Luft.

"Die falschen Gesichter der westlichen Welt werden fallen! Reißen wir ihnen die Masken hinunter, so wie ihr eure alte Existenz abgelegt habt und im

Namen des Botens wiedergeboren wurdet!"

Dux sah was geschah und ging einen Schritt vor Wie in einem beschleunigen Videoablauf sah er den Mann in dem Container förmlich aufkochen, wie er es schon bei seinem Kollegen Ahmet gesehen hatte.

"Tod dem weißen Mann! Und Tod seinen Herrn, den Juden!", schrie der Totenkopfmann jetzt einer Menge zu, die kaum noch zu bändigen war.

Der arme Mann war mittlerweile aufgeplatzt wie eine Currywurst, seine Gedärme an den Wänden verschmiert.

Trotz der schockierenden Situation wäre Dux nicht Dux gewesen, wenn er nicht schon wieder messerscharfe Analysen angestellt hätte: Die Dosis war in diesem Fall vermutlich extra hoch. Was immer dieser Kampfstoff war - es musste die tödlichste Waffe aller Zeiten sein. Doch diesmal hatte sie einen blonden Nordeuropäer vernichtet - gab es verschiedene Versionen, sozusagen maßgeschneidert für jede Ethnie?

Ein schauerlicher Gedanke. Der Irre am Podium hatte ja auch noch die Juden erwähnt. Natürlich kam Dux wieder seine MOSSAD-Idee in den Sinn. War der israelische Geheimdienst dieser Gang bereits auf der Schliche?

Vor Zorn bohrte Dux seine Zähne in seine Zunge. Korben, was hast du nur angerichtet!, dachte er sich.

Er hatte das folgende Gebabbel der Messe nur bruchstückhaft weiterverfolgt. Doch dann riss ihn folgender Satz wieder aus seiner Trance: "Nun muss eure Fleischeslust gestillt werden, verehrte Jünger!"

Maskierte Wächter brachten vier nackte Frauen auf das Podium. Diese zitterten vor Todesangst. Sie wurden fein säuberlich auf die Stufen gebracht und gezwungen sich dort breitbeinig hinzusetzen, die Scham freigebend.

Die gekidnappten Frauen!, schoss Dux in den Kopf.

Die Menge sabberte und viele lockerten schon ihre Hosen.

"Disziplin einhalten, Diener des Botens! Jeder wird seinen Lohn erhalten! Und denkt daran! Die Auswahl wird noch viel größer sein, wenn wir zuschlagen und uns nehmen, was uns gehört!"

Wie einstudiert und völlig geordnet verging sich ein Mann, ein Monster, nach dem anderen an diesen armen Geschöpfen.

"Gefallener Bote! Kehre zurück!"

Selbst Dux war kurz davor zu kotzen. Er fummelte nervös an seiner MP und hätte am liebsten alle Anwesenden in den Hades geschickt. Jetzt das Codewort zu sagen, würde auch nichts nützen. Die Tränen der Frauen, die dies in Würde ertrugen, würde er nie vergessen.

Unauffällig schlich er sich wieder nach draußen,

er hatte genug gesehen. Doch als er die Treppenstufen wieder nach oben gegangen war, blockierten plötzlich ein Harlequin-Kopf und ein Widder-Geweih den engen Gang.

"Wieso schon gehen? Der Bote erlaubt kein frühzeitiges Gehen!", kam ein hohe Männerstimme mit mysteriösem Dialekt hinter der Maske hervor.

Seinen ganzen Hass und Zorn entfesselnd, prügelte Dux wie ein tollwütiger Hurrikan auf die beiden ein. Das Holz splitterte über den Boden, als die Masken ob der schieren Wucht einfach zerbarsten wie Streichhölzer. In nur fünf Sekunden hatte Dux die Männer ramponiert.

Zumindest etwas erlöst verließ er die Katakomben und kehrte zu dem Gebüsch zurück, in dem Mendel auf ihn warten sollte. Die Maske platzierte er hinter einem Stromkasten.

Doch dort angekommen, war niemand dort.

Dux blockierte den Drang, einen gigantischen Schrei loszulassen, der die Nacht erschüttert hätte.

Mendel hatte ihn scheinbar betrogen und morgen würde alles in der Zeitung stehen.

Er checkte noch schnell den Parkplatz ab. Mendels Auto stand noch dort. War er einfach nur zu Fuß geflüchtet? Oder hatten ihn doch die Maskenmänner?

Dux war ratlos.

Sein Ehrencodex brachte ihn zurück zum Ort der Schande. Er hatte sich seine Maske zurückgeholt und suchte jetzt einen anderen Weg. Er kehrte über die Gleise zu den Unterschlupf zurück. In dem engen Gang erneut angekommen entdeckte er einen kleinen Schacht in knapp drei Metern Höhe.

Er tat einen Satz, griff den Rand des Lochs und zog sich mit Gorillas Kraft hinauf. Selbst Dux konnte sich hier durch pressen. Er kroch gebückt durch den abstoßenden Schlamm, der hier am Boden klebte und wohl aus verfaulten Spinnen und Käfern entstanden war.

Nach etwa vier Metern folgte eine Kurve nach links und nach weiteren zwanzig Metern sah er durch ein neue Öffnung direkt hinunter auf die Zeremonie. Er blickte über die Maskenkopfe und sah das die Frauen und der geplatzte Mann in dem transparenten Container nicht mehr dort waren.

Da der Weg noch weiter ging, robbte er nach dieser kurzen Pause weiter und weiter. Sein Rücken schmerzte langsam. Nach zwei Minuten war der Schacht dann zu Ende, doch links von ihm gab es eine zerrostende Leiter.

Er nahm den Weg abwärts, doch nach halber Strecke riss die Leiter unter Gepolter aus der Wand. Dux unterdrückte jedes Geräusch, doch das aufschlagende Metall schepperte durch den Raum.

Der große Mann lag mit Schmerzen auf dem Rücken. Er musste knapp drei Meter gefallen sein. Er genoss kurz die Stille und richtete sich dann wieder auf.

Der Raum war gedimmt und ein altes Aktenarchiv, so wie jahrzehntealte Spitzhacken waren hier zu finden. Durch die Wand hörte er die Zeremonie abgedämpft weiterlaufen.

Er schlich sorgsam aufpassend von Wand zu Wand und kam in ein neues Zimmer. Fast wäre Dux weitergegangen, doch sah er dann im aus der Decke eindringenden Lichtkegel eine Leiche.

Aus drei Armlängen Entfernung studierte er sie. Die Haare waren blond und der Körper aufgeplatzt - das musste der Mann aus dem Container sein.

Dux befürchtete das Schlimmste - eine Infektion, die ihn selber befallen würde. Doch selbst aus der Entfernung erkannte er, dass etwas mit dem Leichnam nicht stimmte. Die Geschichtszüge wirkten nicht klassisch europäisch.

Volles Risiko ging er zu den Überresten.

Er hatte recht. Die Kopfhaare waren nur notdürftig gefärbt worden, doch darunter befand sich jemand denn man zweifellos als "ganz Araber" bezeichnen musste. Hier wurde eine Show gespielt. Eine tödliche Show, aber die Zuschauer sollten getäuscht werden.

Dux ging zum Ausgang des Raumes und kam dann wieder in einen engen Gang. Dort wollte er nun nach rechts, da ihn links wohl der Messraum erwartet hätte.

Doch dazu kam es nicht. In der Dunkelheit kamen ihm zwei Männer entgegen, die Geiermasken trugen. Dux wendete und wollte in den anderen Raum zurück, doch dann traf ihn schon ein Betäubungspfeil.

Als der Schleier sich von seinem Verstand löste, kniete er vor der johlenden Menschenmasse direkt neben dem Totenkopfpriester. Rechts von ihm befand sich in der gleichen Position - Mendel, weinend und flehend.

Beide hatten jeweils jemanden hinter sich, der ihnen ein gezacktes Messer an den Hals presste.

"Agenten des Bösen! Feinde des Boten!", schrie der Prediger.

"Töten!", "Kill Them!", kam aus der Menge.

Dux fühlte sich immer noch wie nach eine totalen Tequila-Vollrausch. Diese Schweine hatten ihn entdeckt und in eine Falle laufen lassen. Vermutlich hatten sie Mendel ausgequetscht.

Dann sah Dux im Augenwinkel diese andere, mit der Rittermaske bedeckte, und wohl weibliche Person lässig an der Wand lehnen.

Dux riss sich zusammen und plante die Provokation: "Pfaffenkopf, wenn du so auf Theatralik stehst, warum benutzt du nicht das Schild Allahs an uns?"

Der Totenkopfmann wich einen Schritt zurück.

"Oder kann es sein, dass das Zeug nicht so wirkt, wie du willst... Hört zu Leute-"

"TötetSie sofort!", fauchte der Mann los.

Blitzschnell stieß Dux seinen Kopf zurück und

machte eine Rückwärtsrolle, mit den Füssen vorwärts direkt in die Fresse des Kerls hinter ihm, der, so Dux jetzt sah, eine Katzenbedeckung trug.

Mit vollem Adrenalin wollte er jetzt noch Mendel retten, doch dieser hatte sich schon selber geschickt zusammengekauert.

Die Menge skandierte den Hass, angefixt von der totalen Blutlust. Oh wie Dux sie hasste.

Aus heiterem Himmel schlugen plötzlich Bleigeschosse in den Messermännern ein. Dux drehte sich zur Seite - die Ritterfrau hatte einen Colt in der Hand und rannte auf die beiden zu.

"Kommt mit, rief sie!" und stürmte dabei in den Gang, der aus der Messe führte. Dabei feuerte sie noch drei Mal.

Kopfschüttelnd sprang Dux auf, riss Mendel förmlich mit und rannte hinterher. Am edel verzierten Eingang zum Gang angekommen, drehte er sich um und sah, dass eine Kugel im Totenkopfmann gelandet war und dieser agonisch am Boden kauerte. Das Blut rann das Podest hinunter - Dux erkannte jetzt auch die unscheinbare Hebevorrichtung, mit der er die Illusion des Fliegens erzeugt hatte - und dann die Stufen hinunter, direkt in die Menge.

Einige der Anhänger stürmten wie Junkies auf den Lebenssaft und begannen ihn ab zulecken, während andere auf den Leichnam zu stürmten und ihn in Stücke rissen. Die Anderen dann, rannten Dux und Co. in den Gang hinterher, in den sich die beiden geflüchtet hatten.

Die pure Rage des Mobs fürchtend, ging es immer weiter

"Hier entlang!", rief die zarte, aber dominante Frauenstimme.

Dux sah, das aus Mendels Brust Blut spritzte und sein lumpiges Shirt noch mehr einsaute.

Von tosendem Geschrei begleitet, kamen sie in einen großen Raum, auf dem eine Treppe scheinbar nach oben führte.

Die Rittermaskenfrau blieb stehen und deutete mit ihrem linken Zeigefinger nach oben und als sich Dux und Mendel auf den Weg machten, rammte sie die enorme Holztür zu und schloss sie mit den metallenen Riegeln sicher ab. Doch die Macht der gesammelten Zentnern Gewichtes drückten sich bereits merklich gegen das Holz, es langsam zersplitternd.

Kurz bevor Dux nach oben verschwand, drehte er sich erneut um und blickte auf seine Retterin. Diese machte sich geschwind zu einem Schminktisch mit Spiegel auf, der an der Seite lag. Dort öffnete sie die obere Schublade.

Dux fiel die im Gesicht aufgerissene, dunkelhaarige Puppe auf, die sich dort am Boden befand.

Die Ritterfrau hatte sich ein Buch herausgegriffen, klemmte es sich unter den Arm und rannte dann davon. Doch Dux wartete, packte sie am

Arm, hob ihn an und griff dann das Buch selber.

Sie blickte ihn durch das Visier an: "Was soll das?"

"Sorry, Lady!"

Sie wollte nach ihrem Colt greifen, doch Dux hielt ihre Hand fest und quetschte sie. Dann rannten sie beide nach draußen. Richtung des Flusses holten sie auf Mendel auf, der gerannt war bis zur totalen Erschöpfung. Doch dann, als er nur noch vier Meter Vorsprung hatte, kollabierte er wie ein alter Gaul.

Dux drehte ihn zur Seite und sah, dass in seiner Brust ein Messer steckte.

"Es tut mir leid, Dux!", hauchte er.

"Nein, ich habe dich da reingezogen!"

"Darum geht es nicht..."

"Um was dann?"

"Ich habe alles an die Redaktion weitergegeben. Vorhin im Busch. Bevor sie mich entdeckt haben...". Das Ende des Satzes war kaum noch zu hören, so kämpfte sich der sterbende Mann ab, dies noch zu sagen.

Dux senkte den Kopf.

"Ist okay..."

Mendel lächelte. "Meine Prinzipien..."

Dann schloss er die Augen und war für immer fort.

Zeit zum Trauern blieb nicht, den die Menge war wieder laut zu hören. Dux griff schnell in Mendels

Hose und nahm sich den Autoschlüssel. Dux und Mendel rannten den See und den Kanal entlang und stiegen dann in Mendels Auto.

Das Paar verschwand ungesehen in die Nacht.

ZWISCHENSPIEL: DER AUFTRAG DES MEISTERS

Der Schatten humpelte über den Hof der gigantischen Zitadelle. Er beobachtete seine Soldaten, als sie in den Hinternisparkours ihre Übungen durchführten. AK-47s feuerten durch die prallen Dunstschwaden des heißen Vormittags.

Entfernt von ihr war gerade Habit, der gerade fernöstliche Kampfkunst lernte. Noch nie hatte ihn jemand im Zweikampf besiegt. Er war schnell und kräftig, eine tödliche Waffe auf zwei Beinen. Der Schatten lachte innerlich, als er gerade sah, wie er einen fast gleichgroßen Araber mit einem Roundhousekick binnen zehn Sekunden nach Kampfesbeginn ausschaltete.

Der Schatten sagte nichts, als er bei seinem besten Kämpfer ankam. Er holte einfach nur ein IPad aus seinem Gewand und zeigte ihm ein Bild von Dux, das diesen in den Gewölben des Maskenkults zeigte.

„Sollen wir uns um ihn kümmern?", schnauzte Habit.

Der Schatten nickt nur, ein Nicken, welches man selbst durch das Gewand sehen konnte.

Habit verließ die Szenerie wortlos und folgte den

Befehlen seines Meisters.

AGENTIN RYES

Schneeflocken klatschten gegen die Windschutzscheibe, als Dux gezwungenermaßen am Steuer war, und die Straßenschluchten durchfegte. Er hatte seine Retterin mit einem Seil artgerecht am Beifahrersitz verschnürt. Nach einer Fahrt von zwanzig Minuten bog er in ein Waldstück ein und bremste, den Schlamm einer Pfütze kaskadisch gegen die nahen Fichtenbäume spritzend.

Nur leichte Lichtstrahlen erhellten das Gesicht der Dame neben ihm. Ihre Maske hatte er sorgsam auf der Rückbank verstaut. Dux bewunderte ihre fruchtbar-erdige Haut mit den braunen Rehaugen. Die Frau war zierlich und wirkte wie ein kleines Mädchen, das zu einer wollüstig bestückten Sirene angewachsen war, ohne ihre Putzigkeit verloren zu haben.

"Wie heißt du?"

Die Dame schwieg.

Dux tippte auf dem Lenkrad herum und sagte dann: "Ich werde ungeduldig."

"Ich werde nichts sagen", antwortete die Dame dann und hatte einen englischen Akzent in der Stimme.

"Wieso hast du uns gerettet?"

Erneut keine Antwort.

"Ich habe ja Zeit."

Dux richtete seinen Kopf demonstrativ nach vorne und beobachtete einen Kuckuck, der sich auf einem Ast einer Lärche niedergelassen hatte. Dux bewunderte seine Eleganz.

Nach zehn Minuten, ab und an durch ein demonstratives Aufschnaufen der Beifahrerin gekennzeichnet, wandte er sich ihr wieder zu.

"Dann verhungern wir eben. Du bist doch eh schon so dünn."

Ihr dunkelroter Mund zuckte zu einem verschmähten Lächeln. Ihre brünette Haare fielen leicht nach hinten.

"Aber präzise Schießen kannst du, Mädel. Respekt! Lass mich raten: Solide MOSSAD-Ausbildung!"

Die Dame riss die Augen auf.

"Gotcha!", rief Dux.

Beschämt blickte sie nach unten.

"Ich bin nur ein einfacher Bulle und kein Superagent aus Israel. Neben dir bekomme ich noch Minderwertigkeitskomplexe!"

Dux zog einen unterwürfigen, verschmitzten Hundeblick auf.

"Sag doch wie du heißt."

Sie schwieg noch vier Sekunden und stammelte dann: "Nennen Sie mich vorerst einfach mal Reyes!"

"Mit Bohnen?"

Sie knurrte nur.

Dux entschied sich zu anderen Mitteln zu greifen. Wortlos stieg er aus, ging zur Beifahrertür und holte die Dame heraus. Er öffnete dann die Tür zu Rückbank und schubste sie hinein. Dann stopfte er sich selbst in das für ihn zu niedrige Gehäuse. Dux drückte auf die kabellose Verriegelungsfunktion und mit einem Schnippgeräusch verschloss sich das Auto.

"Was haben Sie vor?", keuchte sie und sah sich hilflos um.

Dux legte seinen linken Arm um ihre Schultern und begann ihre Backen zu streicheln.

"Das werden sie bereuen, ich habe mächtige Freunde."

Dux' Lippen kamen den ihrigen näher.

"Die sind aber nicht hier."

"Ich bitte sie... nein..."

Sie verkrampfte kurz als Dux' Mund sanft über ihre Lippen strich. Doch dann wehrte sie sich nicht mehr. Dux' schiere Männlichkeit überwältigte sie und in ihrem Schoß begann es zu beben.

Dux hob sie an und platzierte sie sich wie ein Objekt auf seinem Schritt, so dass sie auf ihm saß. Er riss ihr Gewand kaputt und darunter kam eine Sanduhrfigur zum Vorschein, an der mit einem braunen BH massive Melonen bedeckt wurden. Ihre Scham war mit einem gleichfarbigen, leicht bereits angefeuchteten Slip bekleidet.

Reyes, wenn das ihr Name war, presste sich an ihn heran und schob ihm ihre Zunge in den Mund, dazu fuchtelte sie wild in seinen Haaren herum.

Doch Dux unterbrach diesen Dominanzversuch und wuchtete ihre Arme hinter ihren Rücken und hielt sie dann kraftvoll mit einer Hand fest.

Die rechte Hand wanderte dann an ihre Vagina und knete sie rhythmisch. Sie war nass genug, um die Sahara fruchtbar zu machen.

Sie stöhnte.

Doch dann unterbrach Dux wie als hätte er eine Vollbremsung bei pulsierenden, lüsternen 200km/h eingelegt.

"Bitte...", säuselte sie. "Mach weiter..."

Doch Dux griff nur ihren Unterkiefer.

"Erst die Arbeit, dann das Vergnügen!", sagte er trocken.

"Du Schwein...", keuchte sie.

Dux glitt mit seinem Zeigefinger noch einmal an ihrem Schlitz entlang.

"Fick mich..."

"Vorher die Antworten!"

Sie schob sich immer näher an ihn ran, nur damit ihre Lustzentren irgendetwas spüren konnten, doch Dux buxierte sie geschickt immer kurz vorher weg.

"Mossad?"

"Ja..."

"Wer waren diese Gruppe?"

"Wir wurden vor ein paar Monaten auf sie aufmerksam. Einer unserer Agenten...", sie unterbrach kurz. "Bitte, besorgs mir!", schrie sie fast.

"Gleich..."

"Der Agent meldete, dass er hier auf eine Gruppe gestoßen ist. Sie rekrutieren in erster Linie Migranten und neuerdings Flüchtlinge... werben Sie an... Doch dann meldete sich der Mann nicht mehr, nachdem er durchgab, die Führung dieser Sekte habe begonnen, die Identitätslosigkeit der Asylbewerber auszunutzen, da sie keiner Identifizieren kann..."

Zur Belohnung massierte sie Dux für eine halb Minute, nur um sie dann wieder im quälenden Nichts zurückzulassen.

"Sie haben mit ihnen experimentiert! Doch als nichts mehr kam, haben sie mich geschickt, um dieser Sekte auf die Spur zu kommen..."

Dux ratterte kurz. Der Agent. Einer der Toten in der verlassenen Fabrik, der eine Waffe dabei hatte. Er geriet vermutlich in ein Feuergefecht mit dem anderen Kerl und beide verreckten. Hatte Korben nicht auch gefundene Benzinkanister entdeckt? Vermutlich wollte man die Leichen sorgsam einäschern, doch dann kam es nicht mehr dazu, da der Feuerteufel erschossen wurde. Es war nur eine Hypothese, aber es wirkte logisch.

"Dux, besorg es mir jetzt richtig!"

Der Mann zuckte kurz. Er hatte ihr nicht seinen

Namen gesagt.

"Was wisst ihr über diesen Virus?"

"Nicht viel. Ich konnte noch keine Probe sichern."

"Was haben sie vor?"

"Wir wissen es nicht. Wir haben nur kryptische Information abgefangen, die in den Iran gingen..."

"Was steht in diesem Buch, welches du dir greifen wolltest?"

"Der mysteriöse Gefallene Bote hat es angeblich geschrieben, ich habe das mitgehört. Ich wollte es in nächster Zeit entwenden, doch dann musste ich dich Bastard retten... Oh Dux..."

Dux versenkte seinen Kopf zwischen ihren leckeren Milcheutern. Er riss ihr den BH herunter und spielte mit seiner Zunge an ihren breiten Nippeln.

"Ich weiß sonst nichts mehr... ich weiß sonst nichts mehr..."

Selbst Dux konnte sich nicht mehr zurückhalten. Er öffnete seine Hose, schob ihre Schamlippen weit auseinander und steckte ihr dann seinen massiven Prügel in die Vagina.

Heißes Fauchen, entfesselte Lust, folgte. Reyes erlebte den besten Orgasmus ihres Lebens.

GESCHICHTSUNTERRICHT

Dux und Reyes hatten die Zeit bis in die Morgenstunden im Auto verbracht. Er setzte sie auf eigenen Wunsch an der nächsten S-Bahnhaltestelle ab. Dux fuhr dann direkt zum Polizeipräsidium.

Die Journalisten belagerten das Gebäude wie Leningrad.

Mit seiner Statur schlug er sich durch, wurde von den Sicherheitsleuten erkannt, nahm die Treppen und stand schließlich bei Korben im Büro. Immer noch entsetzt über Korbens Feigheit, war es ein verklemmtes Gespräch, doch beide updateten sich gegenseitig über die Situation.

Die Öffentlichkeit hatte die Bilder der Leichen gesehen und wusste nun über die gezielte Wirkung Bescheid. Dazu war eine Task Force ausgerückt, um das Lager des Maskenkults gründlich zu durchsuchen und hochzunehmen. Die Familien der Polizeibeamten wurden nach einer Kurzinformation, die Dux gestern per SMS durchgab, von privat engagierten Sicherheitskräften nun vorerst geschützt. Man wusste ja nicht, wie viel von dem Kult noch übrig war.

Bis jetzt hatte Dux noch keinen Blick in das Buch geworfen und hatte Korben nicht davon erzählt. Reyes wollte es unbedingt zurückhaben, doch bei Dux biss sie mit ihrem Flehen nur auf Granit.

Plötzlich klopfte es an der Tür. Korben bat die

Beamten herein, dabei hatten sie eine Frau mit spitzbübischen blonden Haaren und großer Statur, mit breiten Schultern, aber dennoch kurzen Beinen. Eine Streberin, die eine sexuelle Bombe war, die leicht hochgehen könne, dachte Dux.

"Mein Name ist Lisa Nordstedt", stellte sie sich vor. Dux stand Gentleman-like auf und lies sie geschmeidig Platz nehmen.

"Ich denke, Otto, ich störe nicht...", sagte Dux und lehnte sich an die Fensterbank. Korben schüttelte nur den Kopf.

"Nun, Miss Nordstedt, was wollen Sie?"

Eine raue Stimme sagte schließlich: "Schaden begrenzen."

"Und wie wollen sie das tun? Merken Sie nicht, was da außen gerade von sich geht? Es ist eine Panik."

"Ich weiß, was diese Menschen umgebracht hat."

Dieser Satz löste eine Grabesstille im Raum aus.

"Was?"

"Es ist ein Virus..."

"...das dachten wir uns bereits..."

"Mein Vater entwickelte ihn vor knapp zwei Jahrzehnten."

Dux kam näher.

"Ich will es jetzt mal ganz kurz erklären: Mein Vater war ein Humanbiologe, der nach dem Fall der Mauer Kontakte nach Osteuropa geknüpft hatte. Dort wurde er auf eine ausgegrabene Siedlung in

Sibirien aufmerksam. Eine ganze Sippe lag dort, gestorben mit den gleichen Anzeichen, wie diese Leute. Und mit der Zeit haben sich dann ähnliche Funde gehäuft. Zuerst nur in der Nähe, dann aber auch in Ungarn, Spanien..."

"Wir wissen aber, dass dieser Virus scheinbar nur Araber befällt", platzte Dux dazwischen. "So viel wie ich weiß, hat dieser Menschenschlag diese Gebiete nie besiedelt!"

Nordstedt spitzte die Lippen. "Das ist so nicht ganz korrekt. Tut aber auch nichts zur Sache, denn prinzipiell haben sie recht. Die Opfer waren hier steinzeitliche Europäer. Es scheint, als hätte dieser Virus als Seuche noch vor Beginn des Neolithikum durch ganz Europa gewütet..."

Korben warf ein: "Zu Jäger-und-Sammler-Zeiten?"

"Exakt. Der Virus kann nur Leute infizieren, deren rote Blutkörperchen eine spezielle Form haben. Schlüssel-Schloss-Prinzip. Diejenigen bei denen das nicht so war, haben dieses Massensterben überlebt, von ihnen stammen wir also ab. Die natürliche Selektion hat ihr gewirkt. Wir stammen zu einem gewissen Teil von diesen Leuten ab, so wie alle Europäer. Die Gene wirken scheinbar sehr dominant..."

"Und diese Komponente fehlt den Menschen im Nahen Osten..."

"Flächendeckend. Aber nicht jedem Individuum."

"Faszinierend," murmelte Korben. "Und ihr Vater hat diesen Virus also irgendwie extrahieren können?"

"Ja. Es war aber nur reiner Zufall, das er entdeckt wurde. Er hatte eine arabischen Laborassistenten, der prompt starb. Es hat natürlich lange gedauert, bis mein Vater das Muster verstand, nachdem dies wirkte."

"Ich verstehe.", hauchte Korben ein.

"Das ist aber nicht alles." Beschämt blickte die Walküre zu Boden. "Meinen Vater kontaktierte eine einflussreiche Gruppe europäischer Nationalisten. So begann das Projekt PUREBLOOD. Man bereitete den Erreger vor, im Ernstfall in Europa flächendeckend freigesetzt zu werden, sollten die Europäer mal von einer Invasion aus dem Nahen Osten überschwemmt werden..."

"Doch was geschah dann?", bohrte Dux nach.

"Als diese Biowaffe, PUREBLOOD, also einsatzbereit war, erkannte mein Vater zum ersten Mal so richtig was er getan hatte. Dieser Organismus ist absolut tödlich. Die Luftübertragung ist extrem weitreichend möglich, die Vermehrungsrate enorm. Freigesetzt könnte man wohl ganze Kontinente entvölkern, in Zeiten des globalen Reisen. Es wurden mehr oder weniger nur die Europäer übrig bleiben, sowie einige Türken, einige Inder, die Iraner..."

"Wieso diese Gruppen?", unterbrach sie Korben.

"Gerade letztere haben scheinbar die Immunitätsgene durch die indoeuropäische Invasion der Bronze- und Metallzeiten erhalten..."

"Ich frage gar nicht erst...", sagte Dux. "Wie sieht es mit den Juden aus?"

"Diese dürften teilweise auch Opfer des Virus werden, teilweise immun sein. Die heutigen Gruppen sind ja teilweise vermischt mit Europäern."

"Und wie ist dieses Projekt jetzt geendet?"

"Mein Vater hat das Zeug nach Norwegen gebracht. Dann hat er seine Leute verpfiffen. Doch einige von ihnen fanden ihn schließlich und..." - sie senkte die Stimme - "...ermordeten ihn."

"Doch PUREBLOOD haben sie nicht erhalten?"

"Wahrscheinlich nicht."

"Und wie ist dieses Zeug jetzt wieder aufgetaucht, in freier Wildbahn?"

Nordstreng zwickte sich in den Backen und richtete sich dann die Haare. "Das wissen wir nicht mit Sicherheit..."

"Nicht mit Sicherheit?", fauchte Korben.

"Die Kanister in unserem Lager nahe Hammerfest sind... verschwunden!"

"Wunderbar!", jauchzte Dux. "Doch wer wusste davon?"

"Eigentlich niemand. Nur ich und... mein Bruder."

Der Wind rüttelte an den gesenkten Jalousien des Fensters so, als wolle er mitlauschen.

"Was hat es mit ihrem Bruder auf sich?"

"Er studierte hier in Nürnberg. Er ist seit Monaten verschwunden."

"Das kann alles kein Zufall sein... nur warum sollte er dieses Zeug in die Hände eines..." Korben schluckte den Satz hinunter. Die gute Frau brauchte vorerst nichts von diesem Maskenkult wissen.

"Ich weiß wirklich nichts. Glauben Sie mir, ich habe heute morgen den Schock meines Lebens bekommen und habe mich gleich auf den Weg hier her gemacht..."

Dux glaubte ihr.

"Wieso hat ihr Vater den Virus nicht einfach vernichtet?", brüllte Korben jetzt los.

Eine eingeschüchterte Frau stotterte nur: "Die Leichen wurden alle verbrannt, auf seine Anweisungen. Nur den Virus wollte er, wenn mal Gras über die Sache gewachsen war, zur medizinischen Forschung freigeben..."

Dux hörte jetzt nicht mehr zu. Er verabschiedete sich mit einer Handgeste und verschwand dann aus dem Zimmer. Neue Informationen waren nicht zu erwarten. Er verließ die Polizeistation und begab sich wieder zu Mendels Auto. Er war zu sehr in Gedanken und bekam deshalb nicht mit, dass hinter ihm ein weißer Polo parkte, aus dem ihn zwei neugierige Augen anstarrten.

FAMILIENGEHEIMNISSE

Dux fuhr die östlichen Straßen abwärts, immer dem nie versiegenden Strom der Massen folgend, die auf dem Weg zu den Vergnügungs- und Konsumtempeln der Stadt waren. Er bog in eine Seitengasse und stellte sein Fahrzeug mit quietschenden Reifen ab. Er schwitzte, hatte aber das manuelle Schalten wieder eigener Erwartungen optimal hinbekommen.

An den Mülltonnen vorbei, betrat er den Eingangsbereich eines kleineren Bauhaus-Gebäudes, stapfte über den Marmor und läutete am Ende des Gangs an einer Klingel. Prompt öffnete sich die Tür und eine Frau mit forschem, pechenem Haar stand vor ihm, nur mit einem Bademantel bekleidet. Ihr Gesicht hatte eine Schärfe, mit dem man Diamanten schleifen hätte können.

Ihre Klauenaugen öffneten sich drastisch: "Reg?"

Reginald Dux verbeugte sich instinktiv.

"Darf ich rein kommen?"

Prompt fing er sich eine Schelle.

"Was fällt dir ein, dich vier Wochen nicht zu melden?"

"War beschäftigt!", grummelte er zurück. Dann schob er sich an der kleinen Dame einfach vorbei. Aus einem Nebenzimmer war eine kleine Person auf die Situation aufmerksam geworden, und spitzte durch einen Türspalt.

"Wo ist er, Fathima?"

"Im Kindergarten!"

Dux wirkte sichtlich enttäuscht, doch dann rannte ein junges Kind aus seinem Zimmer, direkt auf Dux' Beinende zu. Dux kniete sich nieder und umarmte ihn.

"Jason!", sagte er und blickte ihm in seine eisgrünen Augen.

"Wo warst du so lange?", fragte der Junge zurück, dabei fast mädchenhaft klingend.

"Dinge zerstören, wie immer...", seufzte Fathima.

Dux richtete sich wieder auf und blickte die Frau tief an.

"Wieso kommst du ausgerechnet jetzt, um diese Uhrzeit?"

"Ich hatte Zeit."

"Ach verdammt, Reg, fick dich! Ich kenne dich einfach zu gut. Ich sehe das an deiner ganzen Aufgelöstheit! Dich bedrückt etwas..."

Dux schluckte.

"Reg! Jetzt rede doch endlich! Immer muss man dir alles aus der Nase ziehen! Friss doch nicht immer alles in dich hinein, du deutscher Eisblock!"

Er zog seine Jacke aus und säuselte nur: "Einen Moment". Dann nahm er Jano mit in dessen Zimmer und verschwand dort zehn Minuten, um mit ihm ein Autorennspiel zu zocken. Er ging dann in das Wohnzimmer, wo Fathima schon auf dem krokodilfarbenen Sofa saß und auf ihn wartete.

Bei einem exzellenten Tee erzählte er ihr alles.

"Aber wir alle hier sind immun?", fragte sie verstört.

"Wahrscheinlich."

"Und was willst du jetzt tun?"

Dux richtete sich auf und holte das lederne Buch aus seiner Jackentasche. "Ich hoffe, ich darf mich hier ein wenig ausruhen?"

Fathima schmunzelte. "Ja, mach ruhig. Ich muss eh noch die Küche saubermachen."

"Sei bloß leise!", hauchte Dux zart zurück.

Gespannt wie ein strammes Zelt schlug Dux das Buch auf und begann zu lesen. Er war damit fast zwei Stunden beschäftigt, alles sonstige vollends ignorierend. Bei dem Band handelte es sich um eine Art Tagebuch, welches Jahre umspannte. Dies sind die wichtigsten Einträge:

13-01-2004

Mein Name ist Leila Komeni. Ich bin sechzehn Jahre alt. Meine Mutter habe ich nie kennengelernt und Bilder sind nur wenige von ihr erhalten. Sie sah sehr persisch aus. Mein Vater ist ein Deutsch-Iranischer Mischling, Abkömmling der feinsten Familien des Landes. Hier, in den Bergen Saghis, in dem schon die Mongolen einst alles niederbrannten, haben wir ein großes, Palast-artiges Anwesen. Mal sehen, was mir noch so alles einfällt, was ich so in dieses Buch schreiben kann.

24-01-2004

Es ist die Einsamkeit, die schmerzt. Nie akzeptiert zu sein. Ich bin im Herzen einfach keine Iranerin, ich halte es hier nicht auf. Ich hoffe, Vater lässt mich in Europa studieren.

14-04-2004
Endlich habe ich den Mut aufgebracht, das Thema "Studieren in Europa" anzusprechen. Natürlich hat er es abgeblockt, ich werde dort verdorben werden, etc. Die typischen Argumente. Ich hasse seine Falschheit. Bei seinen Konferenzen spielt er den modernen Moslem, doch in Wahrheit ist er so wie alle anderen.

20-05-2004
To Read List: Die Grundlagen des 20. Jahrhunders

28-06-2004:
Eine schreckliche Wahrheit wurde mir heute bewusst. Mein Vater ist ein führendes Mitglied der islamisches Terrororganisation PARTHIAN SWORD. Ich heule schon den ganzen Tag. Diese Heuchelei ist nicht auszuhalten.

04-07-2004:
Was soll dieser Religionsscheiß?

13-08-2004:
Ich habe Vater erpresst. Ich werde ihn verpfeifen, wenn ich nicht nach Europa darf.

20-08-2004:
So einsam.

03-09-2004:
Endlich! Vater finanziert es mir! Ich mache mich gleich an die Bewerbungen!

14-10-2004:
Ich kann es nicht erwarten. Endlich raus hier, endlich leben wie es mein Blut verlangt. Freizeit, Spaß, Jungs - fernab dieser seltsamen Tradition.

21-11-2004:
Die Verbissenheit meines Vaters ist enorm. Er hat heute wieder eine Stunde lang beim Abendessen über die hinterhältigen Araber und die brandstiftenden Juden gehetzt! Solche dämlichen Vorurteile kann nur ein zurückgebliebener Urmensch haben. Menschen sind Menschen, gut und schlecht, und das jeder persönlich.

14-12-2004:
Oh du Nachtmond! Ich werde den Ausblick aus dem Turm hier sehr vermissen! Das ist aber auch schon das Einzige!

02-01-2005:
Sagte heute auf Wiedersehen zu meinem Vater und seiner Familie. Fiel mir nicht schwer. Ich bin jetzt auf dem Weg nach Nürnberg, wo man mir eine Wohnung organisiert hat. Werde dort dann Betriebswirtschaftslehre studieren. Was auch immer das sein soll!

14-02-2005:
So wunderbar. All diese Menschen. So frei, so frei!

15-03-2005:
Ich habe diesen netten Araberhengst kennengelernt. Er ist groß und prächtig, nennt sich Sabit. Werde mich morgen mal mit ihm treffen...

21-03-2005:
Habe nun schon viele Treffen mit Sabit gehabt. Ich glaube ich werde es tun. Ich werde ihm meine Jungfräulichkeit schenken.

23-03-2005:
Am Wochenende wird es passieren! Ich werde ihn in seiner Wohnung besuchen, wir werden Wein trinken (ja, er ist Moslem und trinkt!), wir werden... Spaß haben! Habe sicherheitshalber schon einmal Kondome besorgt.

02-04-2005:
Ich blicke in den Spiegel. Ich ertrage diesen Anblick nicht mehr. Was haben sie mir angetan? Falschheit! Das Gesicht der Hässlichkeit unter den Masken der Gediegenen! Wie konnte ich mich so täuschen? Ich will nur noch leiden...

14-04-2005:
Ich ritze mich regelmäßig. Ich kann dieses Gesicht nicht mehr ertragen. Dieses Gesicht und seine Narben.

23-05-2005:

Ich habe seit Wochen meine Wohnung nicht mehr verlassen. Habe mir ein Buch über afrikanische Masken besorgt. Vaters Geld hält mich am Leben. Oh, Vater, wenn du nur wüsstest.

01-06-2005:

Es kam der Tod. Vater. Er wurde entlarvt. Diese Hebräer müssen es gewesen sein. Erst jetzt, in meiner Einsamkeit, erkenne ich die Wichtigkeit der Familienbande... Vater, du hattest recht. Sie sind der Teufel, das semitische Volk!

03-06-2005:

Es ist sinnlos. Ich werde mich an den nahen See begeben und mich dort ertränken, dann wenn der Vollmond steht.

14-08-2005:

Seit dem letzten Eintrag ist viel vergangen, liebes Tagebuch! Doch ich bin nicht tot. Nein, ich wurde wiedergeboren. Dank der Lehren dieses seltsamen alten Afrikaners, der nahe eines alten Bahnschachts hauste und dort seinen drei Kindern, diese mysteriöse Lehre beigebracht hat. Habe mich getrennt von dem Gesicht der Schande! Ich lebe nun in der Nacht, verdeckt von allen Unbehagen. Ich spüre, wie die Maske die alte Persönlichkeit vernichtet, ich fühle mich wiedergeboren! Vater, dein Blut fließt in mir!

22-08-2005:
Ich gebe ihnen Geld und eine Vision, ich spiele sie wie Marionetten. Sollen Sie doch weiter ihren Unfug glauben!

14-09-2006:
Ich habe diesen lieblichen Menschen kennengelernt. Er vertreibt die Dunkelheit aus meinem Herzen... doch ich werde ihm niemals trauen. Aber diese blauen Augen, das sanfte Haar, dieser norwegische Bengel.

22-11-2006:
Er ist süß und lieb. Und so willenlos. Er wird mein erster Priester sein! Priester des Gefallenen Boten!

13-12-2006:
In unserem letzten Rausch hat er mir Dinge offenbart. Dinge, die sein Vater erschaffen hat. Eine tödliche Seuche, die unsere Feinde auslöschen könnte. In mir schwillt ein Plan.

02-02-2007:
Mache mich auf den Weg nach Teheran und werde die Organisation meines Vaters wieder aufbauen. Bald werde ich die Proben besitzen. Er ist nur noch mein willenloser Sklave.

Die Einträge des Buchs endeten hier. Zwischendrin stieß Dux auf erbärmliche Gedichte, einige Litaneien eines scheinbar kranken Hirns, welches immer zwischen Grausamkeit, Sanftmut und schierem Hass schwankten. Er fragte sich, ob das nur Fiktion und Halluzination war, oder war dies sozusagen die Grundlage des mysteriösen Maskenkults, dessen eigene Bibel?

Er zog sein Handy aus der Tasche und rief Korben an. Ohne Umschweife kam er zum Punkt. Er fragte nach der Identität des Totenkopfpriesters, der gestern von der israelischen Agentin liquidiert wurde. Diese war noch nicht festgestellt worden. Doch Korben beschrieb ihn als blond und dürr. Nordstedt, stoß Dux schnell ins Hirn. Der verschollene Bruder, von dem die Dame erzählt hatte. Er bat, oder besser: befahl Korben sie schnellstens zu kontaktieren und eine Identifikation vorzunehmen.

Fünf Minuten später schellte sein Handy. Positiver Befund.

Dux stand auf und verabschiedete sich herzlich von seiner ehemaligen Familie. Doch in ihm kochte es. Hier, und zwar nicht nur in dieser Stadt, sondern weltweit, konnte jeden Moment der größte Massenmord aller Zeiten beginnen.

Als er das Haus verließ, waren die dunklen Augen noch nicht gegangen. Sie starrten ihn immer noch an. Und er ahnte einfach nichts.

ANGRIFF AUF DIE ZITADELLE

Mit genialer Kombinationsgabe hatte Dux die Fakten zusammengeschweißt. Anhand der Informationen aus dem Tagebuch konnte er jetzt das Hauptquartier der Organisation ermitteln. Er kontaktierte die israelische Agentin und handelte auf seine charmante Art einen Deal aus.

Bereits zwölf Stunden später waren sie im Iran angekommen, dem Hochland, von dem einst gewaltige Armeen ausströmten, die sogar Ägypten unterwarfen. Nahe der Pal'Ahsir-Anhöhe, in dem einst die Parther residierten, sprangen also Dux, Reyes und vier Agenten des MOSSAD mit einem Fallschirm ab.

Nach wackerer Landung entfernten sie ihre Ausrüstung und entsicherten ihre H&K MP5s. Im Schutze der Abendschatten schlichen sie den steilen Hang hinauf, immer wieder Massen an Sand hinter sich als Lawinen hinunterrollen lassend.

Dux sah als erster über den Steinvorsprung und sah das prächtige, orientalische Bauwerk, dessen Anblick alleine schon Vorstellungen von ausschweifenden Haremsfeiern mit bauchfreien Lustsklavinnen in jedem Manne weckten.

Zehn Minuten weg trennten sie noch von den Mauern. Geduckt trippelten sie voran, eingehüllt in ihre braunen Tarngewänder. Hinter den Zinnen konnten Späher lauern. Dux zwinkerte den Wühlmäusen zu, die sich nahe eines Felsbrockens ein neues Heim gruben.

Einer der MOSSAD-Agenten, ein übelriechender Kautz schäbiger Statur, bereitete schon seinen Kletterhaken vor, als es passierte: Mit Höllenfeuers Lärm detonierte eine Mine und zerriss den Agenten in seine Einzelgedärme. Dux selbst wurde weg geschleudert und überschlug sich seitwärts sieben Mal, um dann von der harten Erde gebremst zu werden. Der beißende Lärm der Sirenen begann und Scheinwerfer erhellten das Geschehen mit systematischer Präzision.

Dux blickte auf den Explosionsherd und sah dort alle MOSSAD-Agenten zugerichtet, in unterschiedlichen Abstufungen, doch mit einer Gemeinsamkeit: alle waren tot. Es berührte ihn kaum, denn er war zu kalt, innerlich, und sein Adrenalin pumpte das Killer-Monster in ihm heraus, an die hässliche Oberfläche.

Die geschmeidige, Katzen-artige Agentin dagegen hatte sich bereits in Sicherheit gebracht und war hinter ein Gestrüpp gerobbt. Sie pfiff ihm zu, er bemerkte es und beide wichen den anstürmenden Soldaten geschickt aus, ungesehen aus deren Blickfeld verschwindend, um sich dann hinter dem großen Felsen zu verschanzen.

Den wilden Hühnerhaufen beobachteten beide ausgiebig. Brenzlig wurde es, als zwei der Bösewichter - deren waren es insgesamt zwanzig - ausscherten und die Gegend durchsuchten. Doch Dux presste sich gegen das Gestein und als die beiden um die Kurve gingen, schlug er dem Linksstehenden mit seinem Schienbein tödlich in die Rippen, um dann sofort auf den anderen zu zu stürmen und ihm das Genick zu brechen.

"Beeindruckend, Dux!", raunte Reyes.

"Ich ziehe mir das alleine an. Du haust ab und informierst deine Leute. Wenn ich mich in zwei Stunden nicht melde, darfst du den Luftschlag empfehlen!"

"Du leitest hier nicht das Kommando!"

"Doch."

"Dux, du bist wahnsinnig. Du kannst doch nicht alleine in die Höhle des Löwen..."

"Ich muss."

Reyes sagte nichts mehr. Sie sah nur noch einen strammen Mann in eine ihm fremde Uniform schlüpfend und sich von ihr abwenden. Dann drehte auch sie um und ging wieder den Weg zurück, den sie hergekommen waren.

Die eingeschränkte Sicht ausnutzend, fügte sich Dux in das Kollektiv der Soldaten ein. Er folgte drei Männern in die Festung hinein. Dort sah er auf dem Hof eine Sandgrube mit mehren Säcken. Zweifelsohne wurden hier Kampfübungen durchgeführt.

In der nahen Turmspitze war das Fenster hell erleuchtet. Daraus blickte eine sorgenvolle Gestalt, verschleiert und nachdenklich. Der Schatten.

Dux verzog sich in die Katakomben. Er wollte zur Wurzel des Problems vordringen. Über die hallenden Räume kam er schließlich, immer die Dichte des Wachpersonals zählend, dem Ziel immer näher.

Doch dann, vor einer Ritterrüstung aus Kreuzfahrerzeiten, wurde er gestellt. Ein großer Mann tippte ihm auf die Schulter. Es war Hamit, der Hüne.

Dux drehte sich um. Der Mann redete iranisch. Dux konnte nicht antworten.

"Reginald Dux!", sagte der Mann höhnisch, mit orientalischem Akzent. Dies brachte Dux aus dem Konzept. Habit nutzte dies und stürzte sich wie ein Wirbelwind auf ihn. Dux krachte zu Boden. Der Angreifer schrie etwas und die jetzt aufmerksam gewordene Unterstützung traf ein.

Fünf Leute überwältigten Dux, obwohl dieser zappelte wie ein Kraftoktopus. Mehrere Faustschläge hatten seinen Kopf anschwellen lassen. Halb benommen sah er eine verschleierte Gestalt über ihm stehen.

Die raunende Grabesstimme sagte erst etwas auf persisch und sagte dann: "Dux, ich freue mich Sie kennenzulernen" - auf Deutsch! Dann schwanden Dux' Sinne...

MASKEN DES BÖSEN

Mühsam öffnete Dux die Augen. Die Umrisse seiner Umgebung wurden immer klarer, als der feuchte Moderstaub in seine Nase drang. Er fühlte, wie ein strammes Seil in seine Handgelenke schnitt.

Er erkannte wo er war, es handelte sich um ein großräumiges Schlafgemach, einen Steinwurf von ihm entfernt stand ein großes, seidenüberzogenes Bett. Direkt vor ihm jedoch stand eine dunkle Gestalt, in feine Lumpen verhüllt.

Die felsene Stimme sprach ihn direkt an: "Reginald Dux, der große Störer, endlich erwacht!"

"Wer bist du?", fauchte Dux zurück, doch seine sonst so männliche Stimmlage war noch nicht zurückgekehrt. Er ging kurz mit seinem Oberkörper zurück und spürte hinter ihm eine Art Pfahl, an den er stramm gefesselt war.

"Jemand der starb, ob seiner Dummheit. Doch zurückkehrte, wiedergeboren, mit einem Zweck."

Dux zögerte kurz. "Der Gefallene Bote?"

Stille trat ein.

"Du hast es erkannt."

"Aber du bist doch..?"

"Eine Frau? Ein kleines hilfloses Mädchen? Hast du das erwartet? Die Vorurteile deiner Kultur sprechen aus dir!"

Der Schatten ging seitlich. Dux achtete auf den Gang.

"Stelzen!", schrie er. Und die Figur zuckte ertappt. "Alles an dir ist fake! Du benutzt bestimmt so eine Art Stimmmodulator!"

Der verschleierte Kopf wandte sich ihm wieder zu. Höllisches Gelächter brach hervor.

"Ja. Dann zeige ich dir nun mein wahres Gesicht."

Bedächtig hob sie den Stoff nach oben. Selbst Dux fror kurz ein, als er es sah: Unter abrasierten Haaren war ein weibliches Gesicht, schön geschaffen, mit aufsaugenden, grünen Augen und einer harten, faszinierenden Nase. Doch um den Umriss herum waren tiefe Schnitte aufgebracht und zusätzlich mit wirr angeordneten und eingeschlagenen Nägeln war das Gesicht wieder am Schädel fixiert worden!

"Ich ertrug diesen Anblick nicht mehr! Nicht mehr die ganze Zeit! So kann ich wechseln! Wechseln wie ein Wechselbalg!"

"Fuck..."

"Sei nur erstaunt über das Resultat deiner Werte! Misstrauenslos durch die Welt gehen, jedem eine Chance geben! DAS hat es mir gebracht! Mein Vater hatte so recht!"

"Erzähl das deinem Psychiater! Was willst du mit... PUREBLOOD?"

"Ihr Ungläubigen müsst leiden!"

"Wir Ungläubigen?"

Verzögert und unnatürlich bewegte sich der

Mund der Frau, an dem Dux jetzt eine Art Mikrofon erkannte.

"Im Namen Allahs werdet ihr sterben!"

Dux war nun verwirrt. War ihr das nicht bewusst, wen der Virus in Wahrheit töten würde? War sie einfach nur durchgeknallt? Oder hatte sie andere Absichten, als sie vorgab? Er schwieg jetzt erst mal strategisch.

"Und DU hast den Zeitpunkt bestimmt. In einer halben Stunde werden wir unsere Raketen direkt nach Tel Aviv abfeuern! In das Herz des Bösen! Von dort wird sich die Seuche über die ganze Welt ausbreiten... das Himmelreich auf Erden schaffen!"

"Schön. Aber warum bringst du mich nicht einfach um, damit ich mir dein Gelaber sparen kann?"

Der Schatten lachte erneut grässlich. "Ich möchte dir noch etwas heimzahlen. Dafür, dass du gute Männer auf dem Gewissen hast. Meinen Kult der Masken!"

"Dann stech mich endlich ab!"

"Nein," sagte sie. Sie holte ein Funkgerät aus der Tasche und drückte auf einen Knopf. Zehn Sekunden später brachte Habit zwei bekannte Gesichter in den Raum - Fatima und Jano, gut verschnürt, wie ein DHL-Päckchen.

"Der Gefallene Bote hat Augen überall!"

Dux schnaufte voller Hass.

"Und jetzt?"

"Werden meine Männer vor deinen Augen schöne Sachen mit ihnen anstellen!"

Dux hatte verloren. Doch er wollte jetzt seinen Trumpf ausspielen. Er starrte Habit an, den Mann, der ihn vorhin besiegt hatte. Wie viel Zeit war überhaupt vergangen? Schließlich würde bald ein israelischer Luftschlag anstehen, der, wenn er Glück hatte, vielleicht ihm und seiner Familie den Tod bringen - aber die Welt retten? Sollte er sich also opfern?

Keine Option.

"Hey, Habit!"

Der große Mann drehte ihm sich zu.

Dux wechselte seinen Sprachmodus auf den englischen Kanal: "Weißt du schon, dass PUREBLOOD fast keinen einzigen Ungläubigen dahinraffen wird? Sondern eher eine Horde Gläubiger, deine arabischen Brüder?"

Der Gefallene Bote fauchte etwas auf persisch.

Doch in Habits Augen erspähte Dux Zeichen des Zweifels.

"Töte ihn, Habit!"

"Du weißt, dass ich recht habe!"

Ein hahnenhaftes Wortgefecht zwischen dem Boten und seinem Diener fing an. Dux blickte jetzt auf seine Familie, die nur geknebelt wimmerten. Der Anblick erhöhte seinen Adrenalinpegel auf das Niveau eines Löwen in der Brunft.

Mit entfesselter Wut zerriss er seine Ketten und stürmte schnell wie ein Tintenfisch auf den Habit zu.

"Ergib dich, Habit. Deine Herrin hat dich betrogen!"

Der klobige Krieger zitterte nur. Der Bote schrie ihn an. Er war in einem Gewissenskonflikt und hyperventilierte nur noch. Sein Gehirn blitze ihn förmlich in die Knie, so dass Dux - kein Risiko eingehend - ihn mit voller Wucht um rammte. Einhundert Kilogramm krachten zu Boden und ließen den Raum wie durch ein kleines Erdbeben erschüttern.

Mit Stakkato-Faustschlägen beförderte Dux Habit dann schließlich in das Reich Hypnos. Kurz durchschnaufend, nahm er plötzlich eine Präsenz hinter sich war. Er drehte sich um und sah den Boten auf ihn zu rennen - dieser hatte sich einen Nagel aus dem Kopf entfernt, den er jetzt auf Dux richtete. Sie wollte ihn abstechen.

In Nanosekunden rutschte ihr schönes, zartes Gesicht vom Schädel. Doch sie stürmte auf den sitzenden Dux einfach zu. Dux sah den Nagel, knapp einen halben Zentimeter dick, tief rostend und blutig.

"STIRB!"

Doch Dux packte sie zart am Arm und schleuderte sie über den schlafenden Habit, ebenfalls frontal auf den Steinboden.

Der Bote war nun wirklich gefallen und wimmerte nur noch vor sich hin.

Dux kniete sich neben sie. Er drehte sie auf den

Rücken und sah, dass der Nagel jetzt in ihrer Brust steckte.

"Religion! Fürchterlich! Lügen! Alles nur Fassade! Semiten... Araber, Juden... ich hasse sie...", brabbelte sie nur noch dahin. Das Gesicht hing jetzt nur noch an zwei Nägeln und war über das Kinn geglitten, so dass die Lippen jetzt ihren lieblichen Hals küssten.

Dux war eingenommen, von Abscheu, von Zufriedenheit, und ja, auch von Mitleid. Da lag das arme Mädchen, welches das Leben dutzender Menschen vernichtet hatte, nur weil jemand ihr Leben vernichtet hatte. Doch sie wollte noch weiter gehen. Dutzende von Millionen wären draufgegangen, hätte Dux sie nicht gestoppt.

Sie schnaufte noch zweimal heftig und dann entspannte sich jeder Muskel ihres Körpers. Friedlich ruhte sie nun im Tode. Dux zog ihr den Nagel aus dem Bauch und fixierte ihr Gesicht sanft wieder in den natürlichen Zustand.

Dann legte er seine Hand auf ihren Kopf und betete. Er war nicht religiös. Doch er betete. Ob das Ironie war?

Dux drehte sich um und ging jetzt zu seiner Ex-Frau und seinem Sohn. Er legte ihre Fesseln ab und drückte sie tiefherzig. Fast ohne Worte schlichen sie aus der Festung. Zehn Minuten hatten sie noch Zeit. In der Finsternis gelang es ihnen problemlos. Sie liefen über den selben Pfad zurück, über den

Dux hineinkam, dabei hatte er seinen Sohn immer fest in der Hand.

Auf einem kleinen Hügel beobachteten sie die israelischen F-22-Kampfflugzeuge - die der Staat angeblich nicht besaß - den ganzen Palast, fast zweitausend Jahre der Geschichte einer alten Hochkultur, mit Benzinbomben bis auf die Grundmauern nieder zu brennen.

Noch bevor die iranischen Behörden ankamen, war auch schon ein Comanche Prototyp-Stealthhelikopter neben Dux gelandet.

"Wir haben ihnen einen Tracker eingebaut,", sagte der Pilot gelangweilt. Diese MOSSAD-Leute dachten auch wirklich an alles.

Gemeinsam flogen sie alle in ein geheimes, israelisches Camp, knapp zwanzig Meilen von hier, in einem Felsen versteckt.

EPILOG: BELOHNUNG FÜR DEN HELDEN

In einem Hotel in Tel Aviv angekommen, telefonierte Dux schnell mit Korben. Dieser berichtete ihm, dass sie den Maskenkult zerschlagen, noch mehr Frauenleichen in den Katakomben entdeckt hatten und sich jetzt an eine große Beschwichtigungstour machten, um die Medien in die gewünschte Richtung zu bringen.

Dux seufzte, verabschiedete sich und ließ sich auf das zu harte Bett fallen, dessen Federn angesichts seines Gewichts kräftig knarzten. Er schaltete den Fernseher ein und kam genau zur rechten Zeit, sich das Weltgeschehen rein zu ziehen. Die Reporter wussten gar nichts. Scheinbar hatten sich die israelische und iranische Regierung irgendwie geeinigt, das alles klein zu halten.

Dann klopfte es an der Tür. Müde stand Dux auf und öffnete. Da standen sie beide: Fathima und Reyes, beide in knappen Kleidern, rot und schwarz. Die Agentin winkte ihm mit einer Flasche feinstem Sekt und zwei Gläsern.

"Wir denken, du hast dir eine Belohnung verdient", grinste Fatihma.

"Wo ist der Junge?"

"Schläft tief im anderen Zimmer."

"Na dann, los geht's!", sagte Dux trocken.

<u>DAS (DOPPEL-SAUGENDE!) ENDE</u>

Kontakt: lesuperiorPRESS@xmail.net